A EXPEDIÇÃO MONTAIGNE

ANTONIO CALLADO

A EXPEDIÇÃO MONTAIGNE

6ª edição

Rio de Janeiro, 2014

© Teresa Carla Watson Callado e Paulo Crisostomo Watson Callado

Reservam-se os direitos desta edição à
EDITORA JOSÉ OLYMPIO LTDA.
Rua Argentina, 171 – 3º andar – São Cristóvão
20921-380 – Rio de Janeiro, RJ – República Federativa do Brasil
Tel.: (21) 2585-2060
Printed in Brazil / Impresso no Brasil

Atendimento direto ao leitor:
mdireto@record.com.br
Tel.: (21) 2585-2002

ISBN 978-85-03-01212-6

Capa: Carolina Vaz

Livro revisado segundo o novo Acordo Ortográfico da Língua Portuguesa.

CIP-BRASIL. CATALOGAÇÃO NA PUBLICAÇÃO
SINDICATO NACIONAL DOS EDITORES DE LIVROS, RJ

	Callado, Antonio, 1917-1997
C16e	A expedição Montaigne / Antonio Callado; estudo crítico Ligia Chiappini;
6ª ed.	perfil do autor Eric Nepomuceno. – 6ª ed. – Rio de Janeiro: José Olympio, 2014.
	144 p.; 23 cm.
	ISBN 978-85-03-01212-6
	1. Romance brasileiro. I. Título.

	CDD: 869.93
14-15770	CDU: 821.134.3(81)-3

À memória do naturalista
KARL VON DEN STEINEN,
cuja primeira viagem ao Xingu,
em 1884, vai inteirar cem anos.

I

Ipavu gostava, na hora de dormir, de ver as horas, ou, melhor dizendo, a hora, que só tinha uma naquele relógio parado, de algarismos grandões. Era o relógio de pé, bem mais alto do que ele, do presídio, ou reformatório indígena de Crenaque, em Resplendor, Minas Gerais, e ficava bem na frente da cela de Ipavu, a qual não se fechava nunca, nem de dia nem de noite. Ipavu gostava de olhar o relógio parado porque de uns tempos pra cá sentia sempre as costas doendo, na hora de dormir, e levava um tempão esperando que o sopro sossegasse no peito dele, que ele antigamente só sabia que existia do lado de fora mas que agora conhecia por dentro também, de tanto tirar e ver depois abreugrafias e radiografias, as costelas aparecendo feito as varas da gaiola em forma de funil onde ficava o gavião Uiruçu na aldeia camaiurá. Fitava firme o relógio enquanto se empurrava na rede, pra cá e pra lá, exatamente porque, estando parado, o relógio dava a impressão de que a dor das costas também estava, quer dizer, que tinha querido começar e continuar aquele instantinho mas não conseguia sair do lugar, do entalo, presa nas pinças dos ponteiros emperrados, e Ipavu, como um lutador que segura contra o chão e prega na poeira as costas do adversário vencido, apertava e apertava os ombros do outro cara, imaginário, no mesmo ritmo em que se empurrava pra cá e pra lá, pé sujo dando impulso contra a parede da cela, derrubando a dor devagarinho, no muque. Às vezes a dor se avacalhava tanto, pedia arrego de um jeito tão covarde, feito lutador frouxo, panema, que a gente até tem vergonha de medir forças com ele, que Ipavu se sentia leve, leve e se via abrindo os braços no ar, como se ele fosse o relógio e os braços dele os ponteiros afinal andando, descolados um do outro em vez de continuarem parados no meio-dia, ou na meia-noite, como estavam, meio indecentes, trepados um no outro.

Naquele dia, que ia ser o dia da última sesta de paz no presídio, também chamado reeducandário de índios, Ipavu, já quase posto em sossego, balançava a rede pela última vez com o pé direito, o corpo se enrascando em si mesmo, se fechando, tatu-bola, a qualquer recado do mundo lá fora, sem ouvir mais nem o zumbido de pium ou muriçoca, de vespa ou varejeira, porque começavam a ruflar as asas poderosas de Uiruçu, o gavião-real, que bicava em pleno voo, por baixo da copa das árvores, o macaco que acabava de arrancar com as garras do galho do ipê, caça dos dois.

Foi aí que, feito uma lagoa mansa quando branco faz pesca com dinamite, a sesta explodiu numa bulha e num estrondo de ferro rangendo e Ipavu se cuspiu da rede feito um feijão da fava, meio ainda escornado, sonhando que estava no meio duma vara de porcos do mato desembestada que roncava e rilhava os queixos mas não tinha propriamente porco nenhum a não ser aquele porco daquele doido sacudindo os portões e grades do presídio, esperando o quê?, pensou Ipavu, esfregando os olhos, esperando que fosse cair jabuticaba ou carambola?

Era, acompanhado do fotógrafo, o jornalista Vicentino Beirão, libertador de silvícolas, antibandeirante, contra Cabral, não descobridor, que acabava de invadir o presídio. Como uma pororoca resolvida a dar cabo do Amazonas enfiando no rio água salgada e peixe do mar até os Andes, Vicentino pretendia enfiar uma pororoca de índios pela história branca do Brasil acima, para restabelecer, depois do breve intervalo de cinco séculos, o equilíbrio rompido, certo dia aziago, pelo — as palavras são dele — aquoso e fúnebre *ploft* de uma âncora de nau, incrustada de mariscos chineses, eriçada de cracas das Índias, a rasgar e romper cabaço e regaço das túrgidas águas pindorâmicas.

Aos gritos que dava Vicentino Beirão, em português e numa língua estrangeira, contra a tirania, contra os velhos grilhões da corrente da âncora, saíram das entranhas do casarão os dois únicos índios que, além de Ipavu, ainda havia lá, Canoeiro e Atroari de nome, e o funcionário Vivaldo, Seu Vivaldo, ex-carcereiro, que aguardava nomeação para novo cargo desde que Crenaque fora fechado como presídio e reformatório e soltos os índios delinquentes.

— Quedê os outros? — bradou Vicentino Beirão. — Em que enxovias apodrecem?

— Ficaram só esses treees — disse Seu Vivaldo, que, arrastando assim o número, de gagueira induzida pelo medo, dava a Vicentino a impressão de muita gente mais. Ficaram aqui por enquanto, porque não têm para onde ir.

— Eu bem que disse — rosnou o fotógrafo —, bem que eu avisei. Li não sei onde que Crenaque tinha sido fechado, que tudo quanto era índio porrista e mau caráter tinha sido mandado de volta pro mato.

— Também na Bastilha — disse Vicentino — só havia, no *quatorze juillet*, uns pobres-diabos, para despistar. Tinham transferido até mesmo Donatien Alphonse François.

Já que o fotógrafo, emburrado, não dava o menor indício de querer saber quem é que tinha sido transferido da Bastilha, Vicentino falou a Seu Vivaldo:

— Não terão os míseros, como Sade, ido decompor-se em algum Charenton?

— Algum quê?

— Algum hospício de alienados?

— Não senhor, estão aí pelos botequins mesmo.

Exercendo a arte, que ignorava possuir, de embaciar, com jeitos de falar ou trejeitos, a cristalina verdade do que dizia, Seu Vivaldo repetia a Vicentino que o presídio não guardava mais um preso que fosse, nem de amostra, fazendo chocalhar, com gestos de temor, um molho de sinistras chaves, inúteis agora mas de que não se separava nunca. Cada quivungo e socavão de Crenaque ia virando documento no trabalho do fotógrafo, que fascinava Ipavu pelo descompasso entre os relâmpagos arregalados que criava e o ruído desproporcional, mínimo, suspirado por cada lâmpada: em vez de um trovão correspondia a cada raio um estalinho de pata macia de jaguatirica pisando coivara de queimada e sacudindo o pé depois, feito gato que derrubou cinzeiro.

II

O verdadeiro e olvidado nome de Ipavu era Paiap mas como Paiap falava muito em Ipavu, a lagoa dos camaiurá, os brancos tinham trocado o nome dele pelo da lagoa e Paiap tinha despido o nome verdadeiro com a indiferença, o alívio de quando, roubada ou ganha uma camisa nova, jogava fora a velha, molambo roído de barro branco, de urucum vermelho, de jenipapo preto, vai-te, camisa, pra puta que te pariu, dizia ele pra fazer os brancos rirem que branco, sabe-se lá por que, sempre ria quando índio dizia palavrão ensinado por branco. Ipavu não queria por nada deste mundo voltar a ser índio, nu, piroca ao vento, pegando peixe com flecha ou timbó, comendo peixe com milho ou beiju. Queria viver em cidade caraíba, com casas de janela empilhada sobre janela e botequim de parede forrada, do rodapé ao teto, de brahmas e antárticas. Índio era burro de morar no mato, beber caxiri azedo, numa cuia, quando podia encher a cara de cerveja e sair correndo na hora de pagar a conta. Ah, se Ipavu pudesse carregar Uiruçu para o botequim não ia mais nem precisar fugir na hora de pagar o porre, que era só exibir a lindeza de Uiruçu, harpia chamada dos brancos, as asas de flor de sabugueiro, penacho alvo, ou então mostrar aos botequineiros recalcitrantes o olho de Uiruçu, miçangão de puro assassinato. Ainda bem que não adiantava ninguém querer fazer colar de contas de olho assim, porque murcha tudo fora das órbitas como Ipavu tinha visto menino ainda, quando arrancou cuidadoso, com farpas de taquara, olhos de corujas vivas, para fiar um colar de dar choque feito poraquê no fundo do Culuene.

Crenaque era o lar de Ipavu, a casa dele, não a casa da gente ser parida mas a casa escolhida, apesar dele ter chegado lá depois de surrado por uma coligação de birosqueiros, com duas costelas rachadas, três dentes moles na boca, roído de rato no chão da cadeia. Mas Seu Vivaldo tinha sabido ver, naquela posta de camaiurá, o gatuno exemplar, de ninguém botar defeito, que ele soltava todas as noites para o furto regular de cerveja, carne seca, cachaça e goiabada, gêneros que, mais os que vinham da rapinagem bastante competente de Atroari e Canoeiro, davam aos três, e a Seu Vivaldo, que ainda vendia as sobras, uma despensa e adega de tuxaua, coronel ou bispo. Seu Vivaldo, muito entusiasmado com a arte de caçar que Ipavu tinha aprendido com Uiruçu, tinha passado a cuidar muito bem dele e até dava a ele leite pela manhã desde que Ipavu tinha começado a cuspir sangue, pensando que era de dente podre mas era do pulmão mesmo, que não curava nunca mas que pelo menos tinha servido pra tirar Ipavu do meio do mato.

— Tu agora é brasileiro da gema, ô curumim, que brasileiro que se preza sofre do peito, tinha falado o médico caraíba, cabelo de fogo, tal de Noel, também dito Noer.

Ipavu tinha aquelas angústias, até às vezes de engolir o ar, porque doía o puto do peito e isso de doer assim não doía quando ele ainda estava na aldeia camaiurá, nem a tosse, lá, acabava no cuspe vermelho de agora, cor de urucum, mas mesmo assim Ipavu não conseguia ficar apenas, ou pelo menos sempre, ou o dia todo com raiva da tal da tísica porque ela afinal de contas em dois tempos tinha tirado ele do mato pro hospital e do hospital ele tinha fugido pela janela e se mandado e tinha acabado ali no reformatório Crenaque, brasileiro de pai e mãe, de calça e blusão o dia inteiro, sem falar que ele até tinha sido dono de uma cueca, afanada de mansinho do armarinho do Miguel Turco e enfiada no sovaco, por dentro da camisa, enquanto o Miguel virava as costas pra pegar o pente de bolso que Ipavu tinha comprado e pago ali na bucha, como manda a honestidade. Não. O negócio do peito bichado e do cuspe de urucum estava tudo legal, e saía nas urinas, que vida de brasileiro era isso mesmo e só fica lá no meio dos bichos e do mato quem não quer progredir na vida, quem quer continuar bugre e filho da puta duplo, quer dizer, filho da puta índia, como tinha dito aos berros o capitão da PM de Carmésia quando batia nele de sabre no dia do primeiro porre de Ipavu no Bar Resplendor.

Quando mandaram ele pro hospital Ipavu pensou logo em sair da aldeia sem nem olhar pra trás, acreditando como acreditava que o médico camarada, o Noel ou Noer, ia deixar ele levar Uiruçu também, na gaiola de varas, mas o médico tinha afagado a cabeça dele dizendo que a harpia, como ele falava, no hospital corria o risco de virar canja pros doentes. E o médico tinha falado ainda que Uiruçu, no hospital, era até capaz de começar a tossir também, quando o bom era ele, Ipavu, ficar bom da tosse e voltar pra caçar de novo com Uiruçu. Mas não era isso que ele ia fazer não, quando estivesse bom, ele ia era voltar pra buscar Uiruçu, no meio da noite, ia era roubar Uiruçu sem ninguém ver, sem, principalmente, Ieropé ver, Ieropé o pajé, com suas ervas fedorentas, sua raiva dos brancos e a eterna história de Fodestaine que ele tinha aprendido com o guerrilheiro Ximbioá.

Ah, mas vamos deixar tudo pra lá que a vida andava boa no presídio sem preso, na Fazenda Guarani, onde além de Uiruçu, que ainda havia de vir, não faltava nada deste mundo, nem pequi, que também dava na roça, onde ainda tinha o tal de cambucá, que na lagoa Ipavu e pelo Xingu afora não tinha, pra nem falar naquelas frutas que nem ninguém sabe onde e como é que dá e que é pra se roubar mesmo, porque dinheiro pra comprar não tem quem tenha, tal de maçã, pera d'água, uva moscatel. Uiruçu cutucurim, o gavião, quando visse como era Crenaque, Carmésia e Resplendor ia abrir o bico de espanto e havia de ser o primeiro de sua raça, gavião-rei, penachudo, a virar brasileiro também. Além de abrir o bico Uiruçu ia lamber os beiços — modo de falar, naturalmente, que gavião não tem — porque o que não faltava ali, nas vizinhanças do presídio, reformatório, reeducandário ou que porra se chamasse, era casa de posseiro e de índio pataxó civilizado, com quintal, terreiro de ciscagem, poleiro alto de galinha, galinha de não acabar mais, muito pinto, e ainda por cima ovo, ovo que até fazia o quintal parecer praia de rio Tuatuari e Curisevo em tempo de tracajá desovar, tanto ovo que às vezes ele, Seu Vivaldo, Atroari e Canoeiro chega cuspiam gemada de tanto ovo que roubavam. E não dava pra ninguém desconfiar do roubo, nem as galinhas. Quer dizer, aí entra um pouco de exageração dos fatos que outro dia a galinhada tinha feito um esporro tão grande quando ele andava catando ovo que até parecia bicho metido a bravo e ele sem querer tinha dado uma porrada no galo que andava cocoricando alto demais e tinha destroncado o pescoço dele, que ficou pendurado, como se o sacana do galo estivesse procurando algum perdido embaixo do poleiro, e o Canoeiro acabou levando chumbinho de espingarda de pataxó no cu e foi então que Ipavu disse a Seu Vivaldo que se Uiruçu estivesse ali aquilo não acontecia nunca que caçar com Uiruçu, virge!, caçar com Uiruçu era feito caçar soltando relâmpago em vez de flecha, Uiruçu de pluma cinzenta que em noite de lua ficava tão brilhante que chega queimava olho de caça que acordava ou que caçava também a caça lá dela e que morria mais da cegueira de encarar tanta luzerna do que de bicada e unhada de Uiruçu. Pajé Ieropé, o da pálpebra caída, não encarava com Uiruçu, vai ver que de medo de perder a pouca luz que Maivotsinim dava pra clarear o escurão daquela alma tão ruim que Ieropé podia até beber o caldo da mandioca brava saído do tipiti e arrotar satisfeito depois, sendo o fato que ele, como a mandioca brava, os dois tinham tirado sustento e corpo da mesma raiz de ruindade.

Às vezes o peito de Ipavu doía demais, como naquele dia, naquela noite que ele tinha apanhado de sabre na PM de Carmésia e ele não tinha na frente dele o relógio dos ponteiros se comendo ou se enrabando no meio-dia ou na meia-noite. Foi assim mesmo, de olho aberto, que ele acabou sonhando que estava aninhado entre as garras de Uiruçu, sem um cuidado que fosse no mundo, porque quando ele doía e gemia baixinho, de dor no peito ou na pranchada do sabre, nem sabia direito, Uiruçu levantava ele um pouquinho nas garras que estavam muito suavezinhas, como se Uiruçu tivesse passado cera de abelha nelas, balançando Ipavu no ar, melhor que rede.

Mas isso foi só o começo do sonho bom, Uiruçu cutucurim, gavião-real, balançando ele, preparando ele, como Ipavu viu depois, pro momento melhor mas que assustava, levando ele, olho aberto mas dormindo, pras itaipavas, as águas bravas, quando Ipavu sentiu o que ainda ia sentir outras vezes quando estava muito doido de sono e cansaço mas doído demais para dormir: é que deu no peito dele outra dor, maior, mas diferente, ou não foi dor, foi uma pressão forte de meter medo mas boa, porque o peito dele inteiro, a caixa de ossos, quer dizer, tudo quanto era costela virou vara de gaiola e lá dentro entrou Uiruçu, a força do gavião penachudo, das garras dele, do bico curvo, do asame de Uiruçu.

III

Se todos eram felizes no ex-presídio indígena, o felizardo era, possivelmente, Seu Vivaldo, que, muitos anos atrás, quando tinha sido criado o reformatório, achava índio o próprio estrume da terra, quer dizer, gente que só podia servir de adubo pra lavoura de branco e pra pasto de boi de branco, e que agora, quando o presídio vivia abrindo e fechando, e ia acabar fechando mesmo, com esses doidos desses Vicentinos Beirões a dizer besteira, agora ele até gostava dos índios, ou pelo menos reconhecia que eles podiam ter lá suas qualidades. Seu Vivaldo tinha descoberto, por exemplo, que índio não tinha nada de tão burro não, como falava o pessoal por aí, tanto assim que se a gente pegasse índio bravo mas ainda meninote — e estava aí Ipavu, que não deixava ele mentir — a primeira coisa que índio descobria é que ser índio era uma merda de fazer gosto. A experiência de Seu Vivaldo no presídio era essa e não tinha ninguém que tirasse isso da cabeça dele porque ele só tinha visto mesmo uns pataxó metidos a besta e querendo fingir que nascer índio era bom e que se índio tivesse terra dele ia mostrar ao branco o que não ia plantar e colher. Mas é que pataxó, como tinham explicado a Seu Vivaldo, era metido a índio de quatrocentos anos, porque estavam não sei onde na Bahia quando Cabral desembarcou, e, de tanto que os brasileiros brancos falam até hoje nesse desembarque, pataxó ficou mascarado, metido a besta, a sebo. Um dia Seu Vivaldo quase tinha se cagado de rir quando um inspetor gozador tinha vindo visitar o presídio e fez um interrogatório com um pataxó convencido, de catadura furibunda, mas meio lelé da cuca, que dava banana a torto e a direito quando enraiveciam ele, e todo o mundo que estava em volta viu de repente, quando o interrogatório apertou, que o pataxó estava crente que era ele mesmo, mais o pai dele e a mãe dele, que estavam na praia quando o tal do Cabral chegou. Ai!, o pessoal quase cagou as tripas de rir e o pataxó ficou puto, a contar o que é que Cabral tinha falado, e acabou na solitária a pão e água depois de levar uma coça que deixou ele de olho roxo e braço tão moído que teve que encanar depois e nunca mais pôde dar uma banana direito.

Mas isso era coisa muito fora do comum, índio burro assim, e o Crenaque, principalmente depois que ficou, como se diz, desativado, virou um seio de Abraão pra Seu Vivaldo, que se sentia muito à vontade na companhia de índio beberrão, ladrão e correto feito Atroari, Canoeiro, Ipavu. De qualquer maneira, sentindo que o emprego dele no Crenaque era bom demais pra durar muito, e que o próprio Crenaque andava nas últimas, Seu Vivaldo tinha começado com seu vizinho Praxedes, do Patrimônio Histórico, a cavar uma transferência, sobretudo depois da enturmação entre os dois, resultante do encontro, no porão do presídio, do tronco de escravos. O Praxedes, ao sair para um cafezinho, tinha encontrado Seu Vivaldo no afã de salvar uma trepadeira de maracujá, que não tinha onde se enroscar, à qual ele, Vivaldo, oferecia o belo poste de madeira de lei, achado entre os trastes do porão. Havia, torneados no cepo, olhais, orifícios onde a trepadeira bordaria seus finos galhos, ou debruçaria, como de antigos postigos de madeira trançada, suas flores fatídicas, obcecadas pela morte de Deus — a coroa de espinhos, os cravos dos pistilos e estames, os dez discípulos fiéis nas cinco sépalas e outras tantas pétalas — antes de dar aqueles frutos cujo suco, misturado com cachaça, era sem dúvida responsável pela ressurreição, três dias depois. Talvez em parte influenciado pelas flores, o Praxedes não levou, depois de olhar o cepo, mais de um minuto antes de ficar de mãos postas, quase de joelhos, diante do que afirmava ser um tronco vindo do Reino, nos últimos anos do século do descobrimento, como haveria poucos no país e que mereceria, pelo excelente estado em que se encontrava, um centro de sala no Museu Nacional. De bom grado Seu Vivaldo, sob o olhar doloroso das flores da trepadeira, cedera o tronco ao Patrimônio. Como se pusesse de pronto a pensar, prudente, na possibilidade de seguir o dito e se tombar igualmente entre os tesouros artísticos do país, passou, discreto, a auxiliar o Praxedes na limpeza do tronco e no seu preparo para a instalação no Museu, já que, no mesmo dia da descoberta, o Praxedes requisitou camioneta do Patrimônio para transportar aquele santo não seria o caso mas pelo menos venerável lenho, a qual camioneta não veio ainda, até hoje, obrigando o Praxedes, com auxílio de Seu Vivaldo, a erguer, em torno do tronco para a espera que se alongava, um telheiro, como quem erige uma ermida para guarda de relíquia.

Tão bom o Crenaque, suspirava Seu Vivaldo, ao evocar o caso do tronco, mas o calhorda Vicentino Beirão não sossegava enquanto não tirasse o emprego dele, liquidando o presídio que, como um criminoso arrependido na hora da morte, tinha virado aquela santa casa de repouso para três índios e ele próprio. Seu Vivaldo já tinha se habituado com as bostas dos jornais que de vez em quando, por falta de assunto melhor, botavam a boca no mundo com fotos de Crenaque ao abandono, meio em ruínas, o que era verdade, e com história besta de índios também em ruínas, acorrentados, morrendo de sarampo, de malária, de tuberculose, do escambau. Aí pintavam, além das autoridades, xeretas e mexeriqueiros mais importantes, até estrangeiros, com câmaras de televisão e tudo, gente da Anistia Internacional, do Tribunal Russell, da Sociedade Antiescravista da Inglaterra, mas chegando lá viam o Crenaque às moscas, os pataxó e crenaque propriamente ditos espalhados pelas cercanias, plantando milho, bebendo pinga, e paravam de encher o saco. A única exceção, o cara que vivia perseguindo eles, encarnado neles, era Vicentino Beirão, o puto-mor, e, no caso, achava Seu Vivaldo, a xingação, o insulto, não era só insulto e xingação não, que aquele tampinha de metro e meio de altura, cabelo de palha de milho e olhinho azul, metido a enrolar a língua e falar francês, ou tomava muito na tarraqueta ou não tinha outro sonho na vida.

IV

Observadores menos parciais e tendenciosos da vida e personalidade de Vicentino Beirão, menos cingidos à especulação puramente erótica, ou ao mero levantamento de seus hábitos e costumes, sabiam que, funcionário do antigo Serviço de Proteção aos Índios, ele tinha guardado cópia do inquérito — com gravação de depoimentos e reprodução de fotos — que levou à extinção o dito serviço, para que não se extinguissem todos os índios, e, por conseguinte, ninguém mais pudesse tirar deles seu sustento, e escrito, sobre o assunto, artigos que, como ele dizia, tinham primeiro conquistado um *succès de scandale*, para logo em seguida serem aclamados como um *J'accuse* tropical, tornando conhecido seu combate antirreformatório Crenaque, alcunhado por ele Dachau dos Beiços-de-pau, e seu nome de desdescobridor do Brasil e ferrenho assertanista. Foi várias vezes, na vasta biblioteca do seu apartamento no Leblon, fotografado entre livros franceses e cerâmica carajá, ou, de outro ângulo, perto da janela, entre uma espada que era cópia autenticada da de Bayard (*sans peur et sans reproche* era o ex-libris de Vicentino Beirão) e a borduna com que um índio arara tinha matado, no rio Ananás, o tenente

Marques de Souza (morrer, sim, matar nunca jamais), oficial do grupo de Rondon.

A princípio mangaram dele, dizendo que falava em nome dos índios sem ter visto, sequer, a mata virgem, e o Beirão respondeu que, muito pelo contrário, era frequentador assíduo da floresta da Tijuca: ali, no século passado, o arquiteto-paisagista bretão Auguste François Glaziou tinha reduzido a selva às dimensões de um parque, de um soneto. No entanto, advindo o Ato Cinco, foi o Beirão sumariamente demitido, como subversivo, do serviço público, o que o levou a perder ao mesmo tempo seus bicos jornalísticos nos Institutos respectivamente do Café, do Mate, do Pinho, do Açúcar e do Álcool. Foi então que Vicentino, intemerato e irreprochável, escreveu num jornal da nanica a famosa coluna que invocava outra coluna, na qual vivera no deserto S. Simeão, o Estilita. A diferença, escrevia o Beirão, é que enquanto o eremita subira à sua pilastra e ali se pusera a morar, como um capitel hirsuto, para ficar mais perto do céu, o índio fora acorrentado ao topo da sua e ali se pusera a morrer, colocado, pelos brancos, bem longe e acima da terra que lhe haviam tomado. Nos cabelos fecundos do monge os peregrinos recolhiam ovos de pássaros, para a famosa *omelette à l'anachorète*, batidos os ovos com uma pitada de areia, em lugar do sal, à guisa de reprimenda à gula, enquanto as frondosas barbas do eremita davam por vezes duas colheitas anuais de cereais, para o pão e a aquavita. Assim, enquanto Simeão, que escolhera a solidão e a aridez, tornava-se fértil, feminino, o índio se estiolava no topo do priapo branco, enrabado até hoje, empalado *per omnia*, cumprindo, isolado de solo e gleba, seu fado duro, no topo da glande do duro falo.

V

Arremetido e derrubado, pela libertária lança do *freelance* Vicentino Beirão, o presídio indígena de Crenaque, Ipavu viveu uns dias de glória, que só não descreveu do próprio punho por ser filho, como camaiurá, de uma cultura sem escrita. O próprio pátio de Crenaque, outrora vazio, e onde, à noite, quando baixavam ao mesmo tempo tédio e tesão, Ipavu e Atroari se empenhavam no torneio corriqueiro de ver quem ejaculava mais longe, havia agora, graças aos despachos redigidos por Vicentino, jornalistas, curiosos, e até, a serviço do Beirão, um laboratorista, a colher amostras e a detectar em qualquer nódoa de vetusto cocô — pois nas noites frias ninguém saía, como mandava o regulamento, para evacuar no mato — o sangue de indígenas massacrados, ou a esfregarem em lâminas, depois de retiradas das frinchas do muro, já um tanto cristalizadas, suspeitas umidades, que enviavam a exame e cultura, e que exatamente provinham das ditas e descuidosas justas ejaculatórias.

Seu Vivaldo foi, historicamente, o último prisioneiro de Crenaque, de tanto que irritou os jornalistas a esgrimir chaves que pareciam trancar, por trás de suas palavras, crimes crus, da véspera, ainda ensopados em sangue aborígine.

23

Tão grande foi a indignação contra ele — apelidado pelo Beirão S. Pedro dos infernos, serralheiro contratado pelo demônio branco pra escravização do índio, batendo na bigorna, cortando e moldando chaves, correntes, máscara de fujão, grilhão com bola, de amarrar no pé, gargalheira pro pescoço — que, inspirados pela pena do talionato, a lei levítica, rude, o que primeiro ocorreu aos de Carmésia, Resplendor e arredores, foi colocar Seu Vivaldo no tronco que ele próprio tinha descoberto, o qual foi prontamente retirado de baixo do seu telheiro e montado em praça pública. O momento da colocação, no tronco, do seu complemento humano, que era no caso Seu Vivaldo, mobilizou, de forma absorvente, o Beirão, o fotógrafo, soldados da PM e mesmo Atroari, civilizado havia já bastante tempo, para participar, com os brancos, dessa curiosidade retroativa que sentimos diante de uma técnica perdida: como se coloca um homem no tronco? Como a imagem geral que perdurou de escravo preso ao tronco passou a se confundir, ao que tudo indica, com a do condenado ao pelourinho, cabeça e pulsos ajustados aos três olhais, houve perplexidade com o vasto mourão que chegou à praça, com uma pá de olhais de alto a baixo. O próprio Seu Vivaldo, que só conhecia o tronco de vista e nunca o examinara como instrumento de tortura antes de colocá-lo no telheiro, se deixou contagiar por um instante pelo generalizado assombro do homem diante de especializações olvidadas, como a aplicação de ventosas e sanguessugas, digamos, tentando, em vão, fazer caber, quase esportivamente, o pescoço num daqueles orifícios, o que provou ser inexequível, a menos que as vítimas do tronco fossem previamente submetidas a um encolhimento de cabeça, técnica que nada indica fosse conhecida no Brasil Colônia e que, por si mesma, se aplicada, tornaria supérfluo o emprego posterior do tronco. No momento exato em que, num verdadeiro acesso de triunfo arquimédico, o Beirão bradava, se lembrando da gravura: "Debret! Jean-Baptiste Debret!", vendo diante de si o grande cepo jacente onde eram enfiados até o tornozelo os pés de escravos sentados no chão, irrompeu, apoplético, o Praxedes do Patrimônio, rubicundo e iracundo, julgando Seu Vivaldo que vinha salvá-lo mas que se limitava a protestar, aos berros, e ainda mais protestar quando lhe foi explicado que não se tratava de matar Seu Vivaldo no tronco mas apenas de mostrar aos brasileiros insensíveis à tragédia do indígena o que a eles poderia acontecer se persistissem na sua distraída crueldade, Seu Vivaldo sendo, no caso, o símbolo, o bode expedido, com sua carga de pecados, ao deserto.

— Estou me lixando — disse o Praxedes do Patrimônio —, e, visto que não há senhoras aqui, me cagando nas calças, para o que se deseje fazer com Seu Vivaldo, mas, sejam eles quais forem, os crimes que terá porventura cometido são de hoje, de agora, cronologicamente muito aquém do tronco como instrumento correcional, e não vou permitir que o suor de homem nenhum contemporâneo, ou o bodum de nenhuma cabra atual, usada em caduco sistema expiatório do Pentateuco, maculem ou danifiquem um cepo histórico, do primeiro, ou, na pior das hipóteses, segundo século, que cumpriu de sobejo sua missão e que há de chegar ao Museu nem que eu próprio o leve às costas.

Aproveitando a reinante confusão, Seu Vivaldo escapou, ganhando o mato na companhia de Canoeiro e Atroari, para formarem os três o famigerado bando que assolou as Gerais com os mais variados assaltos, homicídios e estupros.

Tinha Ipavu a firme intenção de se mandar e se escafeder para aderir ao bando operoso do capitão Seu Vivaldo quando Vicentino o surpreendeu e fitou com magoados e severos olhos azuis:

— Você, Ipavu, vai chefiar ao meu lado a Expedição Montaigne, cujo objetivo é restituir você à comunidade dos índios xinguanos, já que você, libertado por mim deste inédito campo de concentração, único nas Américas, onde se trancafiavam vocês, índios, e os naturais donos da terra, você, último dos camaiurá, ao Culuene retornará.

Só então, pela primeira vez, Ipavu olhou bem fixamente o autor da sua desventura, o perturbador da paz do Crenaque, o puto-mor, como dizia Seu Vivaldo, Ipavu olhou, mediu de alto a baixo Vicentino Beirão, constatando que muito não havia a medir, pois em relação a ele, na sua magreza atual, e que não era nada tão alto, mesmo para camaiurá, o Beirão não passava dum espirro, suspiro ou, o que era mais apropriado, peido de gente pulha, um bolha, fazendo uma zoeira e uma bulha muito maior do que se podia esperar daquele tico de corpo com dois pingos de olho azul.

— Vou te dizer uma coisa, ô cara — disse Ipavu caprichando em falar bem bacana, bem papo de boteco —, eu sou é brasileiro, tá sabendo, e quero que você enfie no rabo essa tal de comunidade de índios xinguanos e não sei mais que lero, pô, e antes que eu me esqueça vá pra puta que pariu que a minha transa é outra, tá manjando. Eu saí de lá cuspindo de nojo, continuo cuspindo e vou cuspir enquanto tiver fôlego e pulmão, que meu negócio é no asfalto, meu chapa, e eu cago mais ainda pra branco que quer virar índio do que pra índio de merda, que acha que ser índio é um barato, feito o Ieropé, morou?

Sem saber muito bem como, Ipavu deu um nó dentro dele mesmo, com duas tiras de embira, a saber: a raiva que tinha do Beirão, destruidor do Crenaque, e a alegria de sentir que já falava tão bem língua de branco que sabia dar uma esculhambação digna de Seu Vivaldo, como se a boca dele, Ipavu, fosse uma sarabatana e as palavras dele farpas de taboca que iam se pregando na cara do Beirão. Mas raiva e orgulho não dão nó bom pra tuberculoso não, pensou Ipavu que, como se, de bobeira, estivesse chupando, em vez de assoprar, as taquaras da sarabatana, ficou parado, trancando como e quanto podia a tosse que estava dentro dele, de medo que as taquaras e tabocas acabassem arrebentando de vez as tais cavernas que Seu Vivaldo jurava que ele tinha nos pulmões e aí até que o Vicentino Beirão tinha sido bacana. Não tinha ligado os desaforos e tinha feito Ipavu sentar enquanto tirava do bolso de trás da calça um frasco de metal todo porreta e dado um gole a Ipavu, que ainda tossiu mas muito menos porque a bebida parece até que dava uma pincelada de mel ardente nos peitos.

— Isso é conhaque, Ipavu, e nem pergunte se é um desses venenos de alcatrão que vendem por aí, que este vem de uma uva chamada Folle-Blanche e vai te fazer compreender — a branca louca, que de tão louca é contra sua raça, como eu — que a ideia de restituir você à comunidade dos índios xinguanos é só pretexto e objetivo ostensivo.

E enquanto Ipavu, feito aquele neném branco que ele tinha visto, sugando leite duma mamadeira, tomava em pequenos sorvos o tal do conhaque da louca branca, Vicentino Beirão ia descrevendo o plano de campanha.

— O que a gente vai fazer, de fato, é levantar, em guerra de guerrilha, as tribos indígenas contra os brancos que se apossaram do território a partir daquele glauco gluglu do ferro da cabrália caravela logo depois que a figura de proa, lança de S. Jorge e língua do dragão, abriu as coxas e os grandes lábios de mel da bugra Iracema, ocupada a lavar-se, sem uluri, na praia. Vamos botar os brancos de joelhos, por terem descabaçado Iracema, assim como, se soltando do cabrestante e se enfiando no mar baiano, a âncora da nau de Pedro varou o hímen nheengatu.

— Quem falava em guerra de guerrilha e em acabar com os brancos — disse Ipavu — era o guerrilheiro Zeca Ximbioá, que ainda botou mais minhoca do que já tinha na cabeça de Ieropé, nosso pajé, mas acontece que tanto Ieropé como o tal do Zeca, que morreu por lá mesmo, só queriam, feito você, branco degenerado, que o índio tomasse conta do Brasil de novo e nessa eu não entro não, nessa cumbuca não entra mão de Ipavu, não.

O Beirão baixou a cabeça, pediu de volta a Ipavu o frasco daquele mel queimado e incandescente, deu um trago ele próprio, dizendo:

— Vou ter que tentar seduzir Atroari, Canoeiro, ou pegar um pataxó aí numa roça dessas mas eu queria era você, jovem, magrelo e belo, formoso, além de tuberculoso, e sendo, além disso, o último dos camaiurá.

— O que é isso, ô Vicentino, ainda tem muito camaiurá lá, muito mais do que o mundo precisa, e é capaz até de ter nascido filho meu, da barriga de Atsume ou de outras xoxotas que quando me viam tiravam elas mesmas, quer dizer, as xoxotas, o uluri.

— Ninguém no Brasil sabe nada de índio, Ipavu, a gente pode dizer o que quiser e o lugar da tua tribo é muito jeitoso, com aquele lagoão, longe, lá no centro do Brasil, de forma que durante a longa viagem a Expedição Montaigne vai levantando, armando os índios. Quando a gente chegar à lagoa Ipavu e você, Ipavu, for recebido, entre choro e ranger de dentes, pelos camaiurá e outros povos xinguanos, a gente terá arregimentado o bando formidável dos que hão de cercar, com sebes de flechas, as cidades. Quando ocorrer tua aparição e epifania de pródigo já se alastrou pelo país o levante dos míseros e...

Mas aí Ipavu já estava em outra, que era a dele.

— A gente pode ir nos camaiurá rapidinho — perguntou Ipavu — e sair logo depois, quer dizer, chegando lá depressa, de avião, pra voar de volta dia seguinte, feito quem visita parente chato e não quer nem sentar pra tomar café com beiju? Pode, Vicentino? Tem campo de pouso, no Tuatuari, desde o meu tempo, e agora pode até descer avião bem crescido, avião-real, de penacho, onde cabe muita bagagem, muito trem, gente saindo pelo ladrão, foi o que me falaram.

Por pouco Ipavu não revelou o plano dele de chegar de noitinha aos camaiurá pra sequestrar Uiruçu, tirar o cutucurim da gaiola e voltar correndo ao avião, correndo ou até, quem sabe, carregado por Uiruçu em voo raso debaixo das árvores, como se ele, Ipavu, fosse caça e Uiruçu um amoroso caçador levando vivo pra casa um macaco, uma oncinha, o que não era assim tão difícil de imaginar, já que, magro como ele estava, podia afinal ser carregado por debaixo das árvores por um gaviaozão daqueles, que pegava até macaco já grande, pai de família.

— Ir lá pros camaiurá sem escalas não dá — disse o Beirão animado, vendo nos olhos de Ipavu uma vontade, que interpretou como desejo de ida, ou volta, à casa paterna, sem reparar no reflexo, nos olhos dele, dos olhos de Uiruçu —, mas podemos, como dizem os franceses, *brûler des étapes*, encurtar caminho, pegar uns atalhos, indo de jipe, de barco, de lombo de burro, portanto devagar, mas sempre, Ipavu, sempre.

VI

Todo camaiurá mais moço, ia pensando Ipavu, nova geração, como ele, achava Ieropé um pajé muito bunda e atrasadão, fumando aquele charuto de folha pra soprar nos doentes e secando umas merdas dumas ervas do mato, que tanto serviam pra dor de dente como pra extrema-unção, e era homem de jogar fora com fúria pastilhas, drágeas, envelopes de remédio bacana que branco deixava e até de mijar em vidro de xarope ou poção pra dizer que estava podre, que não servia mais ou até que fazia mal, o que, com pipi de pajé dentro, passava a ser verdade. Tinha um olho apagado, branco-sujo com pintas pretas, que só abria quando Ieropé fazia força, e se espremendo todo, como se, de pequeno, não tivessem ensinado ele a piscar, ou como se Maivotsinim, não querendo gastar olho bom numa cara tão bunda, tivesse enfiado em Ieropé pajé duas jabuticabas velhas, de polpa baça cobrindo caroço graúdo, muito difícil de mexer nas dobradiças das órbitas. E a merda mesmo no caso de Ieropé é que ele gostava que se regalava de ser bugre e queria que todo bugre quisesse continuar sendo bugre, principalmente depois que ele tinha inventado aquela bosta da história de Fodestaine. Quer dizer ele, mais o caraíba, o guerrilheiro doido, tal de Zeca Ximbioá, que vinha fugindo lá de não sei que guerra e que mato e que tinha levado na barriga um tiro tão estabanado que quase corta ele no meio e faz dois guerrilheiros em vez dum só: mas não é que em lugar de calar a boca e ver se aquela barriga estraçalhada colava de algum jeito começou logo a falar com Ieropé em Fodestaine, os dois fazendo uma troca, um moitará de besteiras e delírios, tão no porre de falação e contentamento que o guerrilheiro Zeca chega segurava as tripas que queriam sair da barriga dele só pra rir, de tanto que se entendia com Ieropé? Pode? E o guerrilheiro contando e contando feito um maníaco, como se achasse que contando e contando ia ficar bom, como é que o Fodestaine tinha chegado pra descobrir os camaiurá, a aldeia dos camaiurá, e que ele é que tinha feito branco vir tomar maloca dos camaiurá, como se branco, que pode perfeitamente morar em prédio de apartamento, preferisse dormir na rede, comer com a mão e fazer cocô no mato! Pode?

Por incrível que pareça foi só mesmo daquela vez que as merdas das ervas fedorentas de Ieropé resolveram valer alguma coisa, porque o guerrilheiro Ximbioá, com aquele rasgão de bala que mais parecia pedir costureira, ou alfaiate, do que médico, ou curandeiro, conseguiu segurar as tripas no lugar bem um par de luas, enquanto contava — com uma vozinha de nada quando estava sem febre e todo arretado quando a malária chocalhava os ossos dele feito um maracá e as tripas dele buliam na barriga como se estivessem aferventando numa panela uaurá —, as duas vindas de Fodestaine aos camaiurá muito antes dos tempos de agora, no tempo dos antepassados. Ieropé, que além de não curar mais ninguém andava muito sem assunto, repetindo história velha, chateando até carrapato, que despregava sozinho da pele dele, tinha enfiado Fodestaine a torto e a direito nas lenga-lengas camaiuranas desde os tempos em que o tempo, pasmado, não passava, não sabia andar e tudo continuava sempre moço e a jaca e o jacaré tinham uma pele lisinha de menina que ainda nem entrou em resguardo e retiro na maloca de virar mulher. Vai daí o puto do Fodestaine tinha dado corda no mundo camaiurá, as meninas passaram pelo retiro depressinha, querendo logo levar ferro e ter filho, e viram que depois suas mamas espichavam caídas feito mamão no mamoeiro e que a pele dos velhos e dos jacarés foi engrossando, a da jaca encaroçando, e quando acabou a segunda visitação de Fodestaine os brancos já sabiam que a pasmaceira camaiurá tinha tomado jeito, que lá, como no resto do mundo, as coisas verdes nem sempre amadureciam mas as coisas maduras apodreciam todas, que os brancos já podiam morar lá que não iam estranhar, e, feito semente de sapucaia pingando dos cocos, iam cair e brotar onde calhasse que por toda parte tinha entrado a velhice nos alforjes e bruacas das mulas de Fodestaine. Só de pensar nas besteiras que Zeca Ximbioá tinha metido na cabeça do pajé Ieropé — que mergulhava naquelas cantilenas de falar e falar no mundo do tempo em que o jacaré era liso e a jaca engomada, e a alma dos mortos disparava sem erro o arco dos vivos enquanto esperava, sem nada pra fazer, que nascesse outro camaiurá pra ela dar serviço de novo —, Ipavu ainda abria a boca de aporrinhação e de raiva, ao ponto quase de destrancar o queixo. E isso, queixo caído, Seu Vivaldo dizia que pra tuberculose era perigoso porque se entrasse muito ar frio nas cavernas do pulmão primeiro dava nele aquele cristal de gruta, estalactite chamado, e depois o pulmão desabava de vez, como tinha acontecido com um tio dele, que ficou tão vazio de pulmão por dentro que as costelas da frente e as de trás tinham ficado encostadinhas umas nas outras, feito palha de esteira, o que assustava Ipavu, já que não deixava nele nem espaço pra uma saracura, imagine só um gavião-real.

VII

A viagem, de primeiro, encantou tanto Ipavu que tinha dias que ele nem pensava que só queria mesmo era chegar de noite nos camaiurá, passar a mão no penacho de Uiruçu, que ia acordar espantado de ver ele, que depois ia ruflar aquele asão dele, que alegria de gavião de gaiola é bater palma quando sai de passeio, e ia logo pedir a Ipavu que fossem caçar bicho que sai da toca de noite. Aí Ipavu, doce mas severo, ia tocar ele pras canoas, desatracar a mais forte e aproar ela pro campo de pouso, que a volta era de avião, ele e Uiruçu, enquanto o Vicentino armava a guerra lá dele e se fodia todo que pra índio ganhar parada contra branco era preciso que tudo quanto era buriti do Xingu virasse fuzil de repetição e todos os coquinhos deles virassem bala daquelas que tinham feito na barriga de Zeca Ximbioá operação de mulher branca que não sabe parir pela xoxota, tal da cesariana.

Mas no princípio tinha dias que Ipavu nem perdia tempo pensando nada, ou só de noite, na hora da dor nas costas, de tanto que durante o dia se regalava com aquele puta país Brasil onde a gente, andando de ônibus, de perua, de trem, chega tropeçava em cidade e mais cidade, botequim e mais

35

botequim, birosca e mais birosca da gente quase se ajoelhar na frente, com cada prateleira de cerveja dourada até o teto que dava arrepio de ver. O birosqueiro, que às vezes trepava na escada pra pegar garrafa, parecia até o padre quando sobe a escada daquela varandinha de pau dourado na igreja, pra falar a lenga-lenga dele, história de antepassado, feito pajé, mas o botequim é muito mais bonito e mais sério porque lá não é só o sacana do padre que é servido e que toma o vinho dele, e assim mesmo num dedal dum cálice. No botequim vem cerveja pra todas as mesas e todo o mundo bebe quanto quer, num copo grande, mesmo que nem dê gorjeta pro sacristão, quer dizer, o garção, o distinto lá que serve a mesa e que ainda traz rodela de linguiça, ovo duro, bolinho de bacalhau, que na igreja não tem nunca. E tanto quanto dos botequins, ou quase tanto, pra não exagerar, Ipavu gostava que se enroscava de sentar de noite na pracinha das cidades, qualquer cidade, principalmente noite de sábado e tarde de domingo, e ver o povo passar, os namorados de mão dada, quase assim carrancudos, fazendo cara de quem vai casar, as moças ainda solteiras de braço dado com outras mocinhas, passeando e olhando de esguelha, como quem não quer, os rapazes que conversam com outros rapazes, que dizem piadas às moças, acariciando o bigode, ou buço, e cuspindo no chão com estrépito, bem machões, mão enfiada no bolso esquerdo da calça, acariciando outra coisa, Ipavu sabia muito bem, que ele também, quando via nos cantos escuros da praça, ou pelas esquinas, os casais mais descarados, que logo que a gente passava continuavam se beijando e se moqueando, tinha que segurar pelo bolso esquerdo o pau bem brasileiro, que, quando empinava, doía com a mesma dor que sentiam Atroari e Canoeiro, todos vítimas, como dizia o saudoso Seu Vivaldo, de uma resplendorosa gonorreia colhida na mesma boceta da Dorinha, que pegava freguês no Bar Resplendor.

Além disso, Ipavu ficava besta de ver que o Vicentino Beirão não era assim tão potoqueiro não, que tinha seu prestígio, que sabiam quem era ele e que até, às vezes, pra completa glória, ele e Ipavu eram expulsos das cidades, como perturbadores da ordem, mas não debaixo de porrada e noite no xadrez não — com jeito, com papo, assim feito quem está acreditando que o Beirão tinha razão e podia acabar botando o índio pra tomar o Brasil, ou pelo menos um pedacinho, ou que os índios pudessem tomar um edifício, digamos, pra morar, e então pediam que ele não fizesse comício, não começasse a berrar no meio da praça, na frente da igreja ou dentro do botequim.

Branco era tão babaca ou tão distraído que acreditava que índio podia ganhar dele em alguma coisa, puta que pariu, parecia até conversa babaca de Zeca Ximbioá, que chegava a dizer que branco tinha medo de índio porque no meio dos índios o que era de um era de todos e que se o índio ficasse dono do Brasil de novo tudo voltava a ser como era antes e todo o mundo muito feliz, olha só a besteira do Ximbioá, imagina branco muito feliz porque arco e flecha era de todos e o beiju também, pombas, quem é que quer essas merdas? Tudo era de todos porque índio não tinha cerveja, tira-gosto, empada, nem dinheiro, grana, porra, porque ninguém queria nada daquilo que o índio tinha e na praia ou em beira de rio índio vivia mesmo era paquerando navio, esperando que chegasse barco de branco.

Durante toda a parte do começo da viagem Ipavu bem que tinha gostado que branco de vez em quando achasse que índio podia fazer alguma falseta e lá por perto, em Resplendor e toda a zona do rio Doce, a Expedição Montaigne levantou um tutu firme porque com o escândalo que o Beirão tinha armado todo o povo sentia, ou fingia que sentia, vergonha de ter tolerado ali presídio de índio. O golpe era bancar que ninguém sabia da existência do presídio, até o Beirão berrar, não é mesmo, e até chegarem os jornais lá de longe, fotografando o Beirão cercado de índio pataxó e crenaque e ao lado dele Ipavu, que de nome mesmo era Paiap, como agora sabiam, o último dos camaiurá. E na zona do S. Francisco, na tal de Pirapora, quando o tutu ia escasseando um pouco, a Expedição Montaigne ficou de caixa altíssima graças a um plano de Ipavu que Vicentino Beirão não aprovou, exatamente, ou quase até desaprovou, no princípio, balançando a cabeça, acabando por fazer, como disse, a concessão de se curvar à vontade da maioria, a maioria sendo, na falta de mais alguém, Ipavu. Porque os dez guarani e a meia dúzia de caingangue que Ipavu arrebanhou, para o biscate, numa fazenda de gado e num garimpo, já eram muito mais de fala brasileira, galiqueira na pica e cupim no peito do que índio do mato, mas Ipavu contratou eles por três garrafas de pinga e um quilo de carne seca cada um e botou tudo nu, pintado de jenipapo e armado de arco e flecha, e, com Vicentino Beirão no comando, entraram em Pirapora num domingo e acamparam nas escadas da prefeitura. Foi um deus nos acuda porque, como Ipavu já sabia que ia acontecer, todo o mundo que passava, principalmente as donas, naturalmente, olhavam a piroca dos índios, inclusive a dele mesmo, e se índio do mato nem liga e continua na vida dele quando mulher olha, índio já brasileiro basta estar nu e ver mulher na frente dele, mesmo vestida, ou principalmente, a gente podia até dizer, quando a mulher está vestida, fica logo aflito e arretado. A multidão foi tirar o prefeito de casa, menos com medo dos arcos e flechas e bordunas dos caingangue e guarani do que das pirocas deles e de — ninguém podia negar, estava na cara — um assanhamento das donas, todas de repente debatendo o assunto do presídio de Crenaque, com exclamações de horror, e fazendo, às vezes em altos brados, o elogio do marechal Rondon, dos irmãos Villas-Bôas quando ainda viviam no mato e de um tal bispo Pedro do Araguaia. O prefeito chegou, branco como uma daquelas folhas de papel almaço que Seu Vivaldo usava no presídio, se bem que sem as riscas, e a primeira coisa que pediu foi que os índios cobrissem a nudez, como ele falou, e o Beirão respondeu que nus estávamos todos, sempre, apenas os brancos escondiam o corpo, assim como escondiam, com palavras vãs, os pensamentos, enquanto os selvagens, em sua pureza, sua ausência de mácula, original ou não, se mostravam sempre, de pensamento e de corpo, tais como eram. O prefeito disse que eles não eram sempre assim, como estavam ali, chegando mesmo, embora discreto, com uma espécie de muxoxo, ou trejeito de beiço, a mostrar a de Ipavu e outra piroca próxima, uma guarani, mas mesmo assim declarou ao Beirão que o executivo municipal doaria à Expedição Montaigne vinte sacas de farinha e dez tambores de leite, o que arrancou ao Vicentino protestos formais e recusa absoluta, pois se a Expedição rumava ao Xingu não podia carregar fardos, ainda mais que, como os pássaros do céu e os lírios do campo, jamais pensavam no alimento do dia seguinte enfurnado em sacaria e vasilhame e sim, exclusivamente, sob a forma portátil do dinheiro em curso no país.

Enquanto o prefeito hesitava, a multidão se avolumava de gente e engrossava de tom e algumas mulheres mais afoitas cercavam os índios, oferecendo a eles proteção, e propunham ao prefeito dar emprego, no jardim e no quintal, a cada um deles, emprego ou até mesmo adoção, pois, de tutelados do governo que eram, como silvícolas, bem podiam passar, sem maiores problemas, à tutela particular de senhoras brasileiras, donas de casa de reputação sem jaça, pertencentes a famílias de bom conceito na praça.

Nessa altura das negociações, negaças e hesitações, chegou, em suas viaturas, a PM, e Ipavu sentiu logo que, a despeito dos olhares das compassivas senhoras, sua piroca curvava, vencida, a cabeça, e ele só pensava em algum meio rápido de se vestir e se diferenciar dos demais índios, aceitando qualquer cuia de feijão que o prefeito quisesse oferecer pra que debandassem todos, rabos, como de costume, entre as pernas. Mas então, quem havia de dizer, a Expedição Montaigne viveu seu único instante de bravura e de epopeia e até hoje, na história de Pirapora, aquela épica explosão de glória indígena não foi olvidada, e isto não se deveu ao fato de que Vicentino Beirão, trepando num pedestal de estátua, começasse a esbravejar e a dizer ao povo que lutasse ao lado dos índios, que acabasse com a hipocrisia e tirasse a roupa em plena praça, pra mostrar que o Brasil retornava, como falou, às suas origens aboriginais. Não foi isso não, já que só uma mulher tirou a blusa, conservando, mesmo

assim, o sutiã, e os PMs, ao que tudo indicava, se prepara-
vam para baixar o sarrafo, observando a rotina, quando
o momento heroico, gratuito, inesperado, aconteceu: os
guarani e os caingangue tiveram lá um troço, um treco,
caíram numa bebedeira lá deles mesmos, sem pinga sem
nada, podendo até ser que de tanto ficarem de piroca dura
tinham de repente esporrado pra dentro, lá pras ideias deles,
quem é que ia saber uma coisa dessas, o fato sendo que
resolveram que eram, ou de repente, e por algum tempo,
ficaram mesmo sendo selvagens de novo, berrando coisas
lá em língua de antepassado, cantando, batendo pé e pondo
os arcos rijos também, na direção da PM, entesoados, cada
um deles, e de arco retesado, de tal jeito que qualquer um,
naquele momento, podia acreditar que o Vicentino Beirão ia
mesmo levantar tudo quanto era índio do Brasil, com risco
de acabar, como prometia, com o Brasil branco, porreta.

A PM desconversou, o prefeito ficou mais branco que
papel almaço, só que agora mais parecido, com umas riscas
cor de rosa, e aí, depois que o prefeito passou para o Beirão
um saco de grana, cheio de notas, erva viva, verba das secas,
disse ele, quando pediu recibo, a Expedição tratou de ir pra
bem longe, no meio do mato, onde Vicentino, em lágrimas,
pediu aos índios que continuassem unidos, ali mesmo nos
currais e nas grupiaras, por serem eles o núcleo militar
da Expedição, o qual seria reforçado depois com todos os
demais índios do Brasil, a serem, em tempo, recrutados.

E, por exigência do Beirão, ficou na porta da Prefeitura de
Pirapora um cartaz que dizia, em letras garrafais, vermelhas:
"A Expedição Montaigne ao povo de Pirapora: *formez vos
bataillons, montrez, vous aussi, vos couillons.*" Parece que

uns dois dias depois alguém traduziu o que estava escrito no cartaz, e o dito foi jogado no lixo, mas, segundo outros, um grupo de senhoras o carregou, enrolado como uma bandeira de conspiração. Esta parece ser a versão verdadeira, pois bandeiras de pano branco, imitando as dos inconfidentes, com o lema da Expedição bordado a retrós, num triângulo vermelho, se espalharam pelo Doce e pelo Chico, corcoveando, mesmo, umas poucas, ao vento do desfile de 7 de setembro e das procissões do Divino.

VIII

O pajé Ieropé tratava da moribunda, a índia tramai Maria Jaçanã, soprando fumaça na barriga dela, a qual, de tão inchada, parecia até que Maria ia ter filho, coisa que não podia ser não, pois tinha pelo menos um ano que a lua não se sangrava nela. Todo o mundo sabe que lua gosta de xoxota fresca, azeitadinha mas rija, e a da Jaçanã, que tinha tido renome pelos rios todos, mesmo pra lá do Morená, tinha pegado fibra, feito coco guardado, resultando daí o fato de Maria, como todo o mundo, poder se banhar na lua, quando tivesse lua no céu, mas da lua não se banhar mais nela. O ventre dela estava empinado, empanzinado assim mas era de maus sopros que tinham entrado nela da última vez que a Jaçanã tinha tirado o uluri, menos por tesão e por sofrer falta do que de pena e dó que sentiu de um índio tão guenzo, caipora e desbotado que mulher fugia dele. Ele estava muito necessitado de fêmea, com a escrita muito atrasada, e quando ele pediu e implorou à Jaçanã que deixasse, feito quem pede esmola, Maria, sem mais conversa, desatou o uluri e ali mesmo se deitou, o resultado sendo que um mês depois estava com aquela barriga estufada, dura, como se a lua, de despique e deboche, estivesse criando um uluri de pedra na porta dela de mulher, pra não entrar mais algum outro pobre que batesse.

— Me dá penicilina, Ieropé, pra ver se esse ventre derrete, ou senão aspirina, ou então me pinga sinefrina entre as coxas que minha boca de mulher é capaz de desentupir feito nariz. O que não adianta é me soprar charuto de erva que minha racha é antiga mas nem tanto assim, Ieropé, não é racha de antepassada não.

— Tasca, tasca, ô Zeca Ximbioá — dizia Ieropé, o pajé —, tasca ele, tasca Fodestaine!

— Tu parece um braseiro de lenha verde, Ieropé, e eu acho que esse fumo está é me entrando pela boca de baixo e me inchando mais, feito um fogão tapado. Isso é bruxaria, Ieropé, isso que eu tenho é raiva de penicilina e aspirina que tu prendeu nos vidros e não deixa sair. Elas ficam putas dentro dos vidros e se viram contra a gente, pajé, aumentam a dor e o quebrantamento da gente.

— Eu te curo, Maria Jaçanã, tu vai ver, eu te curo nem que te mate, que agorinha mesmo, quando o fumo me escureceu a vista, me apareceu o Zeca Ximbioá, guerrilheiro, segurando as tripas lá dele e me mandando tascar e tascar mais ainda que branco é só um pus que deu na terra e que espremendo sai. Branco chegou ao fim e é só a gente tascar com vontade que ele espirra aqui do barro camaiurá e vira estrela no céu, amarelinha de pus, um corrimento de estrela chamada Fodestaine e quem não sai de baixo dela vira poça de pus.

— Penicilina, Ieropé, que tu não arranja mais cliente, nem cliente mulher, se eu morrer, tu pode procurar em tudo quanto é lagoa e rio, tu pode fuçar tudo que é casa de cupim e esgaravatar o lodo do rio que tu não encontra mais nem uma minhoca de cliente, Ieropé, se eu morrer sufocada de porra de índio panema e fumaça de pajé velho. Me dá aspirina, seu curandeiro carrasco, que tu não encontra mais freguês nem no rio Xingu inteiro, onde tem mil povos e que vive cheio de alvarenga e canoa porque tem mais água do que todo o mijo que já foi mijado desde que a terra viu gente aparecer no mato e começar a mijar. Ai, socorro, me acuda, pra que que eu fui falar em coisa boa feito mijar quando, ai, me arde, me queima, não sai, me dá virofórmio, elixir paregó, óleo de riço, feiticeiro, que a inchação está subindo pra me encher feito um fole e me arrebentar por dentro, pra me furar e deixar sair o último fôlego da última doente que tu ainda tem e que se acaba se tu não me dá uma sulfa, um calcinho na veia que eu estou me acabando, Ieropé, me dá penicilina, pajé!

IX

Mesmo quando a féria era escassa, ou nenhuma, ou até quando Vicentino, pobre soberbo, só pra esnobar dava algum aos capiaus ou birosqueiros que ofereciam pouco, ou não davam nenhum, ele tinha, num alforje, dinheiro muito, recolhido na boa terra mineira, que passa por sovina porque dá pouco mas que deixar de dar não deixa, e onde a coleta, iniciada em Resplendor, tinha chegado ao saco das secas, à enxurrada de notas de Pirapora, e com dinheiro no bolso é tudo paraíso, é tudo um vasto presídio de Crenaque. Mesmo se iam minguando e desaparecendo, à medida que ele e o Beirão se metiam no mato, faixa municipal de boas-vindas à Expedição e mesa ao ar livre, com carne de galinha e bode, e às vezes até inauguração de escola em honra de Vicentino e de Ipavu, Vicentino não afobava nem se mancava, tirando dinheiro do bolso pra comprar empada e cerveja. À vista. Pela primeira vez um ser humano, diante de Ipavu, fazia e repetia, cada dia da semana, o gesto esplêndido de retirar de si, como se ele próprio fosse uma oficina de impressão e cunhagem, notas e moedas, e Ipavu sentiu obscuramente que a repetição desse gesto — como a repetição dos gestos dos índios que, talhando, pintando e vestindo um tronco de pau faziam ele virar um quarup, figura e morada de um chefe morto — ia operando aquela que seria, durante a viagem da Expedição, a primeira alteração na sua relação de parentesco com Vicentino Beirão. Sobretudo a partir do dia em que Vicentino, percebendo o enleio, o enlevo, a unção com que Ipavu contemplava moeda e fidúcia, espalhou os trocados na pedra-mármore da mesa do botequim e lançou Ipavu num terno itinerário pedagógico que principiava pela chapinha etérea, a leve hóstia de um centavo, onde surgia pela primeira vez a moça misteriosa que ia até moeda e cédula de um cruzeiro, pelo pescoço decepada, sem peito, sem barriga, sem bunda, sem nada. Depois tinha o cinco centavos, moça e zebu, moça e número, e o cinco cruzeiros, que ainda encarnava, talvez pela vez derradeira, a moça obstinada, e depois a nota de dez cruzeiros, última das cédulas da relativa intimidade de Ipavu, com um D. Pedro barbado. Vinham a seguir as deodoras de cinquenta, que tinham no avesso uns caboclos carregando café, as florianas centenárias, ostentando o sombrio guerreiro em rosa e branco, e, do outro lado, feito uma aparição da Virgem em santinho de padre, num medalhão azul, Brasília, onde Vicentino tinha prometido ir mas não estava indo, Brasília contra um céu de dengosas nuvens xinguanas de tempo de verão. Vicentino mostrou ainda a Ipavu uma nota inventada de fresco, meio verdosa, com uma dona em pé e outra de cabeça pra baixo, a qual, virada a nota, ficava em pé, enquanto a outra é que tinha que plantar bananeira. Era tutu de duzentos e a cara, que parecia de homem branco, segundo o Vicentino era rosto de mulher, tal de Isabel, princesa e paraíba, devia ser, com aquele cabelo rente e jeito de quem queria paquerar, do outro lado, umas crioulas muito jeitosas, fazendo balaio e esperando homem, na certa. Tinha uma outra nota verdosa, feia pra danar, com uma porção de caboclos, a qual Ipavu só conhecia de vista, meio de longe e cerimonioso, que a nota era de quinhentão. Um dia quando, respeitoso, Ipavu examinava justamente esses caboclos medonhos, Vicentino, olhando pra ele, extraiu, das moles pregas da carteira parda, uma das de mil, como um ser vivo, um tatu puxado da toca pelo rabo, estranhíssima aparição, feito um quarup na hora de virar gente, só que a gente era um brancão bigodudo, careca, em pé e de pernas pro ar, feito a princesa paraíba, preocupado, talvez, com o fato de ser guarda de mil pratas, tanto assim que, como o seguro morreu de velho, do outro lado da nota tinha um ninho de metralhadora todo ouriçado, apontando pra todo o mundo no Brasil, parecia. Ipavu virou e revirou a nota, esticada em sua mão esquerda, com a mão direita, identificou os algarismos, decifrou, com ajuda de Vicentino, sua expressão alfabética, e, graças às suas passagens pelo xadrez, fez, contemplando o finíssimo quadriculado da cédula, uma observação que Vicentino considerou digna da Expedição Montaigne:

— É toda feita de impressão digital.

— É a pele da mão do povo — completou o Beirão —, contrito, pele esfolada, depois de feito o trabalho, distribuída a esmo mas que só volta ao povo em denominações infinitesimais.

Ipavu estendeu a de mil de volta a Vicentino, que a recusou, arrogante, com as duas mãos, como se Ipavu de fato lhe estivesse oferecendo molambos de pele descolada faz pouco de corpos esquartejados.

— Guarde, Ipavu, é sua.

— Mas — disse Ipavu, zambo, mirando a nota — você vai ficar sem nada.

Vicentino, aí, não só mostrou outras de mil, como ainda, dos abismos da carteira inesgotável, foi içando o trunfo, como um deus-tuxaua tirando do armário de pedra duma montanha o raio dos raios, pra enfiar ele, pela raiz, no céu da noite até ele fuzilar tudo, se espalhando em galhos e forquilhas. Era o inenarrável, o cinco mil, o tesouro inteiro guardado por um duende horrendo, ele também, como a paraíba e o barão, cabeça erguida, primeiro, e depois de cabeça pra baixo. Agora, de tanto as pessoas tratarem assim o dinheiro, com princesas-acrobatas e barões de circo, de tanta cambalhota e mutreta, saía afinal aquele monstro pra guardar o cincão mágico, pra meter nas pessoas o medo que metia em Ipavu, apesar do fato de que, lá nos cafundós de sua alma brasileira, ele já dizia a ele mesmo que uma nota com um homem feio assim só podia ser pra fazer a gente gastar aquilo mais depressa ainda, esconjurando a feiura, afastando o azar.

De qualquer jeito, ao guardar, agora que tinha visto o cinco mil, a nota de mil com a consciência mais em paz, Ipavu compreendeu que tinha, no Beirão, um pai.

X

Desde a morte de Maria Jaçanã ninguém mais tinha procurado Ieropé para fumigação, massagem, receita, conselho, consolação e nem mesmo papo, companhia, mexerico, nada, como se ele, feito a Jaçanã, já tivesse morrido e sido enterrado na beira da lagoa. O único sentimento que ele ainda parecia capaz de despertar era o da suspeita, da desconfiança, não alguma suspeita de susto e medo, como ele inspirava, e gostava de inspirar, antigamente, e que se devia a suas ligações evidentes, profissionais mesmo, com o mundo dos espíritos, dos mortos, com alma dos que adormecem pra sempre e que está ainda sem pouso certo. Ele tinha sido quando moço homem de grandes cóleras e cegas iras que levantavam até as pálpebras dele, redondas e hirtas feito batoque de pau de beiço de suiá, e, quando se passavam muitos dias sem nada enraivecer ele, Ieropé de repente fingia que estava furioso e aterrava a aldeia inteira, pra não perder o pique e o respeito geral entre os vivos e entre as almas também, que, amedrontadas, ficavam mais dóceis, mais submissas, boas de arregimentar, aperfeiçoar, na medida do possível, e trancar de novo, em seres de concepção recente. Gostava de dominar e até de humilhar, naquele tempo, as almas experientes, ávidas de atividade, mandonas, mas sem membros, no momento, sem ferramentas, e de pôr ordem entre as almas rebeldes, preguiçosas ou apenas brincalhonas, que, em lugar de aceitarem logo nova encarnação, achavam engraçado cair na vagabundagem, atormentando os vivos ou se divertindo à custa deles, pregando sustos, se enfiando em cana de taquaras pra gemer feito flauta, ou, o que era mais grave, invadindo pessoas ainda vivas e ocupadas, que ficavam assim com duas almas, o que quando não dava em doidice visível dava em bobeiras sem razão e extravagâncias.

Agora, sem a veneração e o pavor dos vivos, Ieropé sentia que as almas de folga, disponíveis, começavam também a não ligar pra ele, ao ponto de, durante um tempo, terem passado a obedecer muito mais ao aprendiz que ele tinha tido, o menino Javari, muito talentoso e severo na lida com alma destrambelhada e metida a valente e emancipada. Mas o que balançava mesmo de vez a oca e a cuca de Ieropé no abandono em que ele vivia — e que ele quase aceitava, como alguma treda tramoia de Maivotsinim, que estava, Ieropé achava que era isso, fazendo ele ficar sozinho, sem ninguém, pra ele poder pensar e pensar o tempo todo e resolver como é que ela ia, com feitiços, destrancar Fodestaine, desmanchar a vida que ele tinha vivido — era, em primeiro lugar, aquela guerra do filho e parentes da Maria Jaçanã. O filho, em vida dela, não ligava pra ela e cuidava tão bem dela quanto da puta que pariu, mas agora vivia dizendo que Ieropé tinha matado ela porque não tinha dado a ela penicilina, como se depois de aparecer essa merda de penicilina do Fodestaine ninguém mais que tomasse penicilina tivesse morrido no mundo inteiro. E ainda tinha o pessoal da BR-080, com aquela conversa de que a morte do albino branco-aço, colega deles, que era cor-de-rosa mas tinha alcunha de Baio, não ficava assim não, que eles não tinham visto a hora que ele levou a cacetada mas sabiam que quem tinha dado a cacetada tinha sido o pajé. Tinha, sim, tinha sido o pajé e com uma bordunada na cabeça do Baio que não era de ninguém botar defeito ou pedir penicilina pra racha não, mas certeza, certeza ninguém tinha que tinha sido ele e o Baio bem que merecia, correndo atrás de tudo que era indiazinha camaiurá saidinha da escuridão do resguardo, e...

Mas o velho pajé tudo aguentava porque sabia que estava protegido por todos os cantos, por três forças de três almas de três mortos que ele tinha resolvido hospedar e guardar: um tuxaua, um lutador de huka que nunca tinha sido pego pela perna e nem nunca tinha deitado no pó do terreiro, e um pajé, que atendia pelo nome de Kutumapu, tão poderoso que não dava a confiança de dar ordem aos homens e às mulheres, só se entendendo, quando eles estavam dormindo, com as almas deles, que saíam dos corpos e vinham fazer beiju pra ele e depois colocavam a vontade dele, pajé, dentro dos corpos, quando voltavam. Pois essas forças prisioneiras de Ieropé sabiam que, no albino branco-aço chamado Baio, Ieropé tinha tido o aviso que aguardava, da terceira vinda de Fodestaine, que não era albino, nem branco-brasileiro, era lourão mesmo, mas o Baio até que tinha parecido louro, visto pela frincha da pálpebra pesada do pajé. E era aviso, lá isso era, e se ele tivesse tempo de pensar e pensar como queria e como Maivotsinim mandava, ia saber destrancar o tempo, desmanchar, desfazer, desfiar até chegar diante de Fodestaine e não deixar nem permitir que ele tivesse tido o descaramento de acontecer.

XI

A fase de Ipavu filho de Vicentino durou bem umas duas semanas, Vicentino pai, provedor, fonte de ternura, e, afinal de contas, pensava Ipavu, branco, antibranco, mas branco. Um dia imaginaram que tinham chegado, na bacia do rio Xingu, ao próprio riinho que desejavam, o Culuene das nascentes, mas compreenderam de repente que se tratava dum rio de enchente, cheio de si, quer dizer, d'água, mas que não era de nada, descendo, todo convencido, por um vale e virando de repente lagoa, feito quem cansa da profissão e do trabalho e resolve não fazer mais nada, um rio de papo pro ar. Mesmo assim, pegaram no rio vigarista, antes dele se declarar lago, uma tempestade de verdade, pra valer, que não tinha nada com as manemolências do impostor, ou metida a não suportar imposturas, e Ipavu, tremendo de medo, de frio, respiração curta e agoniada, resolveu aguardar, antes que a canoa se desfizesse nos paus constituintes, algum milagre paterno, Vicentino arrancando do céu a tormenta, como uma cortina velha. Não ficou totalmente decepcionado, pois Vicentino descobriu, na popa da canoa, um oleado novo, e sua mágica, de ama-seca, foi cobrir Ipavu, que dormiu como um arroio sem rumo, assustado, que de repente deságua na calma competente do rio grande que o vigiava de longe e, na realidade, o esperava de braços abertos.

Oleado para o corpo molhado de chuva e cachaça para o espírito pesaroso, pois foi nesse dia, passada a tempestade e quando Ipavu, abrindo os olhos para o céu, viu estendido, talvez por Vicentino, o pano azul das bonanças, como num quarador, de horizonte a horizonte, que viu também na cara do outro o desapontamento de não terem chegado a lugar nenhum, de estarem numa lagoa. Sem nada dizer Vicentino lhe estendeu não o frasco de metal do mel incandescente, o da branca louca, há muito esgotado, e sim uma honesta e diáfana garrafa de cachaça de Januária, reparando Ipavu, com assombro e um respeito tocado de veneração filial, que Vicentino possuía garrafas e garrafas da januária enroladas não só em lona como calçadas com tijolos de cortiça, para que boiassem em caso de naufrágio.

Ipavu até então se classificaria, ele próprio, em qualquer recenseamento, como cervejeiro convicto e cachaceiro oca-sional, chegando mesmo a cerveja, loura de golinha branca, com os lânguidos suores que embaciavam sua torre transpa-rente, de cristal, a lhe dar triunfais inspirações ejaculatórias, quando ele ganhava fácil os campeonatos de Crenaque, ao ponto de ser aplaudido daquela vez em que, do lado de fora, tinha acertado os ponteiros do relógio parado, de pé, que parecia ter acabado afinal a trepada encruada, graças ao disparo de Ipavu. E se passava às vezes, no Bar Resplendor, em dia de pouco freguês, que a cerveja saía da geladeira pe-dindo a Ipavu que chupasse ela, enrolasse ela toda na língua, pois vinha em pedra, e de repente, depois de muito mascar aqueles caroços de friorenta loura, Ipavu triturava eles, metia o dente, como fazia com crosta de bala para soltar o mel que tinha dentro, pra chegar ao fim, pra não esperar mais, sentir logo na boca o gosto da bebida alvinha dos brancos, feita vai ver que de flor de ipê e água apanhadinha de madrugada na cumbuca da mão de menina loura de olho verde.

Na viagem da Expedição só muito de vez em quando é que dava agora pra parar em botequim direito, com a loura da golinha de renda naquele estado de contida mas aflita e suarenta tesão de ser bebida que branco chama de estupidamente gelada, e aqui entre nós — dizia Ipavu ao seu pulmão sempre atento e conversador, como doente que não prega olho —, cerveja quente é feito índia suja, fedendo a jenipapo, cinza e pacu na brasa. E aí veio aquela noite em que Ipavu acordou com o peito se estreitando, porque ele estava sonhando com a vez que tinha passado pela grade da mercearia, pra esvaziar, a mando de Seu Vivaldo, a caixa registradora, e depois, o bolso gordo de dinheiro, tinha ficado entalado na grade, à espera da PM. O sonho deu mais estreitamento ainda no peito dele e Ipavu, estendendo a mão, pegou a januária em uso, que o Vicentino tinha enfiado, antes de dormir, na bota, e bebeu goles grandes, dormindo depois firme, como não fazia há dias. Acordou com a garganta seca, a boca peca e a ideia tão troncha que logo que olhou o Beirão chegou quase a pensar que ele era o branco-aço, tal de Baio, que Ieropé um dia tinha despachado com uma cacetada, porque o Baio tinha mania de comer índia de vez. O jeito de clarear os pensamentos e continuar com o pulmão mais quieto e esquecido foi uma talagada matutina, com um naco de rapadura e um inhame cozido.

A partir desse dia a cerveja passou a morar numa torre entre as lembranças de Ipavu, uma torre alta e fria, de último andar de apartamento da cidade, ligada ao paraíso da Fazenda Guarani e do Bar Resplendor, inatingível feito uma cabaçuda branca, enquanto a cachaça entrava em sua vida como uma puta em vida de menino, franca, destabocada e forte, em cima dum lençol, sem sutiã, sem calça, sem besteira.

Nas andanças seguintes Vicentino Beirão, ao mesmo tempo douto e exato como um cartógrafo amarrando um porto a uma estrela e apaixonado como um corsário que, já na ilha, assinala a gruta do tesouro, estendeu mais de uma vez em tronco ou pedra um velho mapa do centro do Brasil, onde mostrou, com o dedo, onde estariam. Mas Ipavu acabou percebendo que os dois vagavam sem rumo ou destino, pra baixo e pra cima das latitudes, e que atravessavam, a esmo, as varas das longitudes, curvas como as da gaiola de Uiruçu, e se maravilhou com a capacidade que tinha a Expedição Montaigne de se perder no mato, apesar de mil rios apontarem a ela o caminho do Morená, onde se juntam os fios de todos os rios da terra pra tecer a trança grossa do Xingu. A vau, pisando pedras limosas, atravessaram o rio Curisevo, a vau e à toa, pois, como constataram mais tarde, tinham entrado em rio errado, desconhecido, e já então o Beirão comprovava, nos calafrios do primeiro acesso, que a maleita, como o amor, nunca é tão forte como quando, de chofre, ataca pela primeira vez. Tinham sido minuciosamente picados por mosquitos — o miúdo e gregário pium durante o dia, enquanto, ainda bêbado do sangue da noite anterior, o carapanã devasso dormia nas pregas de bromeliáceas e no colo de ninfeáceas, para entrar em ação ao entardecer — e a travessia do rio, com fardos na cabeça, tinha durado tempo bastante para fazer medrar, no Beirão amanhado por um bom resfriado, que ele chamava, à moda antiga, defluxo, uma malária que ele próprio classificaria, mais tarde, como de truz.

O Beirão tinha começado a tremer, do lado de cá do rio atravessado, olhando Ipavu que armava as redes, quando se pôs de pé de um salto, ao ver do outro lado a caixa que tinha esquecido, pousada contra uma árvore, uma caixa de papelão de uns três palmos de altura, fina, que Ipavu cobiçava sem saber o que fosse, ou por não saber o que era, por ignorar o que continha. A caixa, a caixa, começou o Beirão a berrar, a implorar, minha caixa, os dentes já chocalhando, o dedo que, na ponta do braço, designava a outra margem, incapaz de apontar a caixa com precisão, de tanto que ele todo sacolejava, enquanto Ipavu dizia que não, abrindo fardo, atando rede, tossindo manso pra ver se só tossia pra valer uma vez, mais tarde, e afinal, impaciente, tossindo e se esgoelando também:

— Não vou me molhar neste rio outra vez nem que minha mãe pinte do outro lado pedindo socorro.

Vicentino Beirão não parou de tremelicar na dança de S. Vito, no bole-bole que ia segurar ele bem uns dias na rede, mas recolheu o dedo indicador, arriou o braço e fitou fundo os olhos de Ipavu, que eram, no momento, duas iradas amêndoas pretas.

— Não pode — disse Vicentino Beirão.

— Não pode o quê? Não pode o escambau, pô!

— Não pode, ninguém pode se molhar duas vezes no mesmo rio, caixa ou não caixa, mãe ou não mãe, não dá, não pode, porque da segunda vez é outra água, o rio é outro, sempre, disse o Beirão entrando nos desatinos da maleita mas devagar, feito quem, antes de cair em água fria, experimenta primeiro com o dedão, de um lado pro outro, depois mete o tornozelo, e Ipavu até que de primeiro achou graça da besteira que o Beirão dizia e pensou no Tuatuari passando e passando e nele, Ipavu, tomando banho em água onde de manhã podia ter piranha e era preciso cuidado e de tarde piraíba, que em vez de comer a gente a gente come ela.

— Mas você sabe como é o pessoal por aqui, não é mesmo, pernóstico a mais não poder — ia falando o Beirão —, e por isso eu tratei, um dia, de botar certa obscuridade nessa conversa de ninguém se banha duas vezes no mesmo rio, Ipavu. "Ninguém se ria duas vezes no mesmo banho!", apostrofei, dando ao apotegma não só verdadeira opacidade como uma indefinível ameaça de oráculo. Por não ter agido com a mesma malícia e prudência que tive eu, o sábio que descobriu esta verdade que reluz até hoje com a umidade das coisas surpreendidas no nascedouro de todas elas — ninguém, no mesmo rio, se banha duas vezes — foi totalmente privado de toda e qualquer espécie de água, de qualquer tipo de banho, e empacotado, num estábulo, em bosta de vaca, neste sudário de estrume vindo a morrer.

Como só estava interessado no reencontro com Uiruçu, Ipavu, sonolento e dolorido, mal ouviu, daí em diante, o que dizia Vicentino Beirão, chocalhante na rede como se estivesse tentando provar, aos pulos e choques, colado ao corpo negro e escorregadio de um poraquê fêmea, a viabilidade do acasalamento do ser humano com o peixe-elétrico, o treme-treme dos rios e charcos. Com medo, caso ele pegasse no sono, de que o Beirão, a um salto maior, caísse no chão, Ipavu afivelou ele na rede com o cinto de couro das calças dele mesmo, e foi se deitar, enquanto do embrulho inquieto vinha a falação exaltada que dava um enjoo em Ipavu por muito lembrar a ele as lenga-lengas do pajé Ieropé, principalmente depois da visita do guerrilheiro Zeca Ximbioá, que tinha metido nas cantilenas do pajé uma raiva que também saía agora do bolo de maleita onde fermentavam Beirão, a rede e a correia.

— Está compreendendo, Ipavu, a luta da pura inteligência que se entrava e se escurece pra não ser metida em camisola de bosta e mortalha de esterco? O importante é você bolar, travar e cumprir uma briga bem espetacular e assustadora, tendo tido o prévio cuidado de garantir que jamais você poderá ganhar tal briga, devido às fainas e esforços que a vitória cria e inventa, pra encher saco de herói. Se eu arrumar mais dois entreveros como o de Pirapora estou feito, Ipavu, menino índio, último dos camaiurá, estamos feitos, e daqui até a lagoa tua, de Ipavu, provocaremos vários combates, simulados, naturalmente, com o que eu passarei à História como maior do que Couto de Magalhães e Cândido Rondon juntos, pois se o primeiro retratou o selvagem e o segundo pregou o retrato no álbum de família, ambos contribuíram para que ele, o selvagem, você, Ipavu, começasse a desaparecer, enquanto o Beirão, armando vocês em guerra, formando com vocês um exército de pés no chão, colhões desfraldados ao vento, cancela as sinistras boas intenções dos que acreditaram na possibilidade de tomar mais de um banho em águas que não voltam mais, ou que ousaram rir de tarde no rio em que folgaram pela manhã. No entanto, Ipavu, atenção — disse o Beirão saltando a ponto de suspender, pelos punhos, a rede entre as duas árvores, como se estivesse chegando ao espasmo da satiríase com o peixe-elétrico —, é preciso atenção para que nossa guerra, contida, cartesiana, se limite a um rosário de esplêndidas Piraporas (o som perfeito da palavra, da vitória oca, inconsequente, estalando, como disse o poeta luso, em penca d'ostras, em piras, pires e poras) de inúteis tentativas de por duas vezes nos purificarmos na mesma corrente, fingindo nós, exatamente nós, os especialistas, que desconhecemos, Ipavu, o apotegma úmido, por toda a eternidade, das águas placentais. Nunca, por descuido ou negligência, devemos entrar em alguma batalha pra valer, com a sorte das armas a nosso favor, já que a mera hipótese, suspeita, suposição aumenta ainda mais meu chocalhar, maracá que me sinto às mãos do Pai, do Filho, da Pomba-rola. Escuta, Ipavu, desaperta a fivela do cinto que me transformou em ventre, eu todo, ou em buchada atada a barbante, e responde, Ipavu, último, até segunda ordem, dos camaiurá: não seria um tiro pela culatra, uma abominação, um cruz-credo?

Ipavu acordou o suficiente pra perceber que Vicentino Beirão queria saber dele, com uma aflição e urgência que escapavam à compreensão dele, ou de qualquer um, se uma vitória dos nobres índios contra o branco torpe não seria um atraso de vida, e, caindo de sono mas há muito tempo de cabeça feita, como dizia ele, afirmava, embora sem vislumbrar a causa de tais temores, num bocejo, que ser possível não ia ser não, mas que se fosse ia ser uma merda de fazer gosto, expressão muito do uso e predileção de Seu Vivaldo.

XII

Grandes foram as provações e os tormentos de Ieropé, o pajé, mesmo depois que deu nome e explicação à miséria e abandono que era sua vida de agora, entre o filho e parentes de Maria Jaçanã e os companheiros do Baio, a saber, que Maivotsinim queria mesmo que os outros escorraçassem ele e ele se escondesse dos outros para que ele deixasse pra lá a vida boa e as cismas vãs, e pensasse fundo no destrançamento e desenleio de malefícios que tinha que fazer. Sem nem mais um aprendiz por perto ele tinha mesmo é que impedir, fincado como estava no dia de hoje, na lua desta noite, que as velhas coisas acontecessem, porque pela frente, pelos dias a vir, não enxergava nada, nem pra ele mesmo nem pra seu ofício de cuidar das almas que tinha que transferir de corpo o tempo todo, e das que ele só tinha que adorar, quer dizer, as que Maivotsinim tinha tirado das encarnações, lustrando elas e pondo pra brilhar de noite. Essas tudo podiam e tudo decidiam, desde que tivessem, como os flautistas tinham a grande e soturna flauta jacuí, um pajé, pra soprar nele a música do povo camaiurá, que sem música os homens ficavam desarmados no espírito, murchos e sem feitio como um corpo que só tivesse carne e osso nenhum.

Já fazia dias que não aparecia seu último aprendiz, um menino tão estúpido que Ieropé, pra dizer a verdade, nem sentia lá essas faltas dele ainda que ele fosse muito acertado em encontrar plantas de cura no mato, mas falta sentia, e muita, do outro, do Javari, que tinha ido embora lá pro posto do Culuene, pajé no ovo estava ali, rastreador de alma rebelde como nunca tinha visto outro, nem ele quando moço. Javari voltava pra Ieropé, quando vinha do mato, quando vinha da noite, empestado do cheiro de ervas de abismo e reluzente daquele suor de quem desceu muito mais fundo que qualquer toca de tatu mas trazendo amansadas as almas perversas, adormecidas graças às folhas de yagé introduzidas por Javari, com destreza, nas linhas fluidas e vagas das narinas lá delas, até a base do tampo transparente da cabeça. Javari, que durante o dia era até menino de remar muito e dado a se meter entre as mulheres, todo femeeiro, na hora do banho de rio, tinha roubado do posto e bebido inteirinho um vidro de xarope, só pra ficar de porre, e o chefe do posto, que andava de olho nele porque ele era bom canoeiro e trabalhador, tinha declarado ele, como medida de correição, civilizado, emancipado e dado a ele emprego de servente no posto.

Daí pra frente, cada vez mais vivia Ieropé enfurnado numa cisma das grandes, daquelas que fazem a gente esquecer o beiju e o peixe, e mesmo a hora do gole de caxiri, e não se pense que era cisma profissional de pensar na natureza de algum espírito ruim, como o que tinha entrado na finada Maria Jaçanã, e no toque certo de fumo que pode afugentar coisas assim, e as outras mais, tantas, que agoniam o homem inteirinho, do bicho-de-pé até a assombração. Por outro lado, nem labutava Ieropé na canseira que é a de todo e qualquer pajé que se preze, de como, na cisma, tocaiar, pegar desprevenida e agarrar um dia, se der certo, o que ninguém agarra completamente e que é, afinal de contas, o nó do engate, o encontro e encaixe das coisas, uma na outra, e delas, cada uma, com as coisas do outro lado. Ieropé estava agora cismando por conta própria, porque sentia que, sem a menor dúvida, alguém soprava nele a música, dizendo a ele que só com muito e muitíssimo tempo é que alguém pode ter a esperança de encontrar o que afinal de contas ninguém perdeu e esteve sempre aí, mas não se vê nem se sente. Ele tinha é que descobrir não como o mundo e as coisas, os bichos e as plantas e os peixes se criam e se encaixam e sim, o que é muito mais simples, como se faz farelo e farinha de uma única coisa, a coisa ruim. Mas mesmo pra isso, Ieropé não se iludisse, ele precisava, devagarinho, ir virando ele mesmo aquilo que a natureza tivesse de mais forte porque os acontecimentos que já aconteceram provocam e arrastam tantos outros acontecimentos que todos se defendem da extinção ao mesmo tempo: nenhum quer deixar de ter acontecido, desistindo de existir, coisa em que ninguém e nenhuma coisa acha graça nenhuma, como reza a lei que todo o mundo conhece. Achando que seguia e servia a música, o que não deixava de ser verdade, Ieropé irritava, sem saber, a música, que não esperava precisar castigá-lo e fazê-lo saltar tanto, devido ao orgulho e à soberba que ainda habitavam o pajé. É que Ieropé, forçoso é confessar, em sua busca da melhor forma de desatar o existido, partiu pras cabeceiras, pras presunções, procurando, em funda cisma, sorver pelos poros a sumaúma, que é a árvore maior de todas, e o raio, atrás que ele andava da força que nasce quando os dois se encontram, se rasgam e se dilaceram entre o céu e a terra pra fazer a solda do mundo do alto com o mundo das profundezas.

XIII

A pesar de sua decidida vocação urbana e do sonho que alimentava de ver um dia o Xingu, as margens patetas do Xingu — onde só dava floresta e prainha de tracajá —, plantadas, rio afora, de arranha-céu e botequim, um pregado no outro, mais um cineminha aqui e ali, Ipavu, à medida que rareavam os povoados no caminho da Expedição, não se incomodava demais com isso, imaginando que estavam se aproximando dos camaiurá, da lagoa Ipavu, da gaiola de Uiruçu.

Mas tinha um porém, como dizia Seu Vivaldo: o primeiro, já devidamente constatado e estabelecido, é que o Vicentino Beirão cada vez parecia saber menos onde é que eles estavam e o segundo é que os brancos, longe das cidades, davam de vez em quando uma de babaca, como nessa mania que tinham agora de cercar tudo com arame farpado, fosse boi, fosse mina, fosse lavoura. Ipavu já se sentia perto de zona sua, onde em breve ia saber de atalhos, de estradinhas, de furos e paranás, mas tinha que ter dois cuidados com o raio das cercas, a saber, o de não enxergar as ditas e se ralar todo, e o de passar entre os fios de arame farpado e arriscar levar tiro na bunda, como Atroari tinha levado dos pataxó, no belo presídio para o qual Ipavu havia de voltar, nas asas do cutucurim.

Ipavu tinha mesmo que batalhar e encontrar o caminho porque já ninguém mais, naquela merda daquela floresta, tinha ouvido falar em Vicentino Beirão, ou na Expedição, na queda da Bastilha de Crenaque ou na vitória dos arcos e pirocas de Pirapora, razão pela qual ninguém mais armava, no quintal das prefeituras, mesas atoalhadas, reluzentes de talheres, fumegantes de buchadas, sarapatel, as cuias pretas de tacacá e o sorvete roxo de açaí. Mesmo assim, a verdade seja dita, punhadinho de gente que houvesse, pingo de capiau que fosse, matusquela e banguela, Vicentino trovejava, arrotando cachaça:

— Aqui está Ipavu, último dos camaiurá mas senhor de cinquenta mil arcos bacairi, aueti, trumai, guarani e iaualapiti aos quais se somarão quinze mil dos calapalo, trinta mil beiço de pau e bota mais trinta mil uaurá, batendo panelas, potes e alguidares para o dia em que todos se juntarão, como um enfarte, no miocárdio do centro do Brasil.

Ipavu, certa noite, acordou apressado, com diarreia, mas quase que esqueceu o aperto em que se espremia, pois da outra rede vinha o ruído chocalhante do Vicentino com sua mania de bater os dentes de febre malária, suando, de molhar a rede, cachaça, pois queria, discípulo de Rondon, que plantara o sertão de postos telegráficos, semeá-lo de garrafas vazias da azulzinha.

O febrão do Beirão era tanto que, antes de pagar seu tributo à natureza e obrar, Ipavu foi encontrar na caixa dos remédios um derradeiro comprimido de aralém, o qual, como não havia água à mão, ele serviu a Vicentino com um gole de cachaça, e, só então, dia já querendo raiar, saiu correndo pro mato. Na carreira, e como há muito tempo a Expedição não refazia seu estoque de papel higiênico, Ipavu pegou no chão dois gravetos para limpar o cu depois, à moda dos seus tempos de camaiurá silvestre, o que fez, no momento apropriado, quando percebeu o que antes não tinha percebido — coisa que não lhe aconteceria quando ainda não conhecia e jamais tinha usado o vaporoso papel dos brancos — que um dos gravetos tinha espinhos. Então, cu e voz igualmente magoados, rabo e espírito sentidos e ressentidos, sua revolta contra o divino explodiu:

— Tem dó, Maivotsinim! Pela primeira vez estou entendendo, em carne sofrida e cu ralado, que tua fala é sempre enrascada e só chega aos ouvidos da gente em cantilenas que não tem cu que aguente, como aquelas de Ieropé, porque, como você não pode errar, você não é besta de falar claro, pra qualquer um entender. Então você me arranja, pra me guiar e me transportar até Uiruçu, nos camaiurá, o único cara boboca de pai e mãe que já deu em terra de branco? Qual é a tua, Maivô? Eu estava lá no Crenaque, com uma dorzinha e uma pontada no lombo de vez em quando — está certo, não nego —, mas com a geladeira do reformatório ali às ordens, parecendo até, quando a gente abria a porta dela, que estava entrando num milharal de cerveja, com as espigas dourando dentro da casca verde. Aí me desaba em cima este doido que eu pensei que por trás daquela história de guerra de índio ia tomar muita terra de índio, pra descolar uma grana preta e me botar no avião com Uiruçu, o gavião-real, e quando acaba, olha pra ele, Maivô, olha este muquirana, único branco burro em não sei quantos porrilhões que eles são! Tu guardou a rosa, Maivô? E deixou o pau de espinho especialmente para o cuzinho de Ipavu? Tem dó, Maivotsinim!

Naquele dia estava dando mesmo tudo errado e Ipavu, escuro por dentro, chegou à conclusão de que havia no mato, dali para a frente, um graveto de espinho para cada cu de gente, com nome e tudo, e que cu nenhum escaparia do seu graveto. Ia comunicar sua tenebrosa descoberta a Vicentino Beirão mas Vicentino tinha acordado batendo ainda queixo de maleita, pedindo mais aralém, e, ao ouvir de Ipavu que ele próprio, Vicentino, tinha tomado o derradeiro, tinha feito a Ipavu o pedido mais estranho e fantástico de toda a viagem: o de que, no primeiro povoado que aparecesse e onde houvesse um farmacêutico, um boticário, uma loja de reza ou catimbó, Ipavu lhe comprasse o aralém porque ele, Vicentino, não tinha mais um puto dum vintém. Fazer imprecações, súplicas, ou mesmo, simplesmente, dar outro esporro em Maivotsinim era perda de tempo e de um fôlego que começava a ficar curtíssimo, no peito de Ipavu, que, estoico, tranquilo, se limitou a dizer:

— Eu não troco minha nota de mil nem pra comprar aralém pra Maivotsinim, o dos gravetos de espinho, se ele tivesse a ideia de pegar a febre e me pedir o remédio. Pra você, negativo, Vicentino, que você deixou, a partir de agora, de ser meu pai, está avisado. O que eu posso fazer por você quando a gente chegar no tal povoado, cidade, posto indígena ou aldeia de índio é voltar à minha profissão do Crenaque e roubar, roubar teu aralém, nossa cachaça e nosso charque, a rapadura e algum ovo duro que apareça, ou tijolo de buriti, se não tiver goiabada em lata.

— Roubar? Roubar? — perguntou Vicentino Beirão, tremendo de febre e do que parecia ser um acesso, igualmente, de revolta.

— Bem, afanar, se você prefere, transferir de proprietário, como dizia Seu Vivaldo, tomar emprestado.

— Roubar? — chocalhou Vicentino Beirão — Que verbo é este, que vocábulo, que medonha disfunção de palavra é esta, Ipavu, que te leva a falar em roubo quando tudo nesta terra é, ou devia ser, teu, dos teus, dos índios, dos silvícolas e aborígines, dos habitantes autóctones da terra? Roubar no teu caso, no caso dos teus, dos índios, sejam eles jê, aruaque, caribe ou tupi de língua, é levar à recuperação do espólio o espoliado, é restituir a herança ao órfão, ele, sim, roubado, é restituir ao menor, ao tutelado, aquilo que o tutor desviou, para seu uso e gozo e...

— Pode ou não pode, ô cara?

Podia, e, na sua nova organização de poder, a Expedição Montaigne passou, sem que nada fosse dito, à direção geral de Ipavu, que, como ladrão de galinha e gado, batedor de carteira, punguista e ventanista era o novo provedor, o *pater familias*, que entrava em rápida atividade quando, e agora era quase sempre, Vicentino Beirão falhava em seus objetivos por meio da exortação e da prédica. Bastava aparecer um vilarejo qualquer, um agrupamento, em torno do barracão de mercadoria, de uns três seringueiros, ou castanheiros, três pau-roseiros ou juteiros ou pimenteiros que o Beirão começava sua prática e sermão:

— Por minha culpa, nossa culpa, nossa máxima culpa, Ipavu, selvagem-padrão, índio típico, é hoje um índio tísico, que, ao se sentir incompleto, por nós rachado em dois, triângulo de dois ângulos, soneto de treze versos, resolveu levantar todos os seus irmãos, também vítimas de nós, de nossa cupidez soez, e, para chefiar o motim, a guerra, pede dinheiro, pede auxílio, pede comida, bebida e aralém. Dinheiro daquela gente era escasso, isso Ipavu, ou qualquer um, podia ver, que todo aquele pessoal era ainda meio índio, nascido pra servir branco, que é dono do dinheiro como rio grande é dono do riacho, que paga dinheiro aos camaradas em torno sabendo que eles só podem gastar o dinheiro no barracão, que é do dono do dinheiro, como o rio é dono das águas menores, que desembocam todas nele, engordando ele. Toda a vida que ele tinha visto ao redor de um barracão fazia Ipavu desconfiar — vendo branco tão parecido com o Xingu no Morená, onde o Culuene, que é rio camaiurá, o Curisevo, o Batovi, todos os rios, não escapavam, entram no Xingu, carregando além das águas deles mesmos pro Xingu, falava o pajé, as almas dos homens também, pra triagem e lavagem de Maivotsinim — que os brancos deviam ter gente especial, criada pra meter medo à natureza e fazer ela revelar segredos, gente como a da PM de Carmésia. Olha só como eles tinham aprendido com os rios o negócio do barracão, olha só como, sem dizer nada, sem nem mandar, o dinheiro dos cabras da borracha ou da juta entrava por um bolso de seringueiro ou juteiro e saía pro barracão pelo outro. O dono podia até pagar bem aos homens, se fosse do seu agrado, se valesse a pena, o que não valia, porque era tudo homem burro, quase índio ainda, mas o dono podia, se desse na telha dele, assim como podia chover muito no Culuene que a aguaria toda acabava mesmo era no Xingu.

Vai daí que, sem dinheiro, aqueles riachos, quase poça de gente ofereciam farinhazinha do barracão, naco de rapadura, fumo de rolo, coisas assim, mas Vicentino, de porre, ficava sobranceiro, cheio de si, e dizia que se Ipavu era o último dos camaiurá ele era o primeiro dos Beirões, de uma tal Beira Alta, embora pelo menos um outro Beirão tivesse sido tão ilustre quanto ele, o Beirão que tinha inventado no século quatorze a bagaceira que a família punha pra madurar em tonéis dos mesmos carvalhos que tinham semeado D. Fernando, o Formoso, e Dona Leonor Teles, e de cuja madeira sairiam, além das pipas, as naus do vil descobrimento cabralino. Em matéria de comida, portanto, Ipavu e ele, sob pena de atraírem maldições ancestrais, só podiam aceitar comida fina, dizia, ainda que silvana e rústica, como — e Vicentino exemplificou um dia diante de seringueiros — muçuã e rabo de jacaré, uma anta tostada na brasa em espeto de pau de canela, acompanhada de arroz de pequi, regada a cerveja e adoçada, hora da sobremesa, enquanto o café coava, com compota de bacuri e bolo de aipim com mel de jati. Os ditos seringueiros, em número de quatro, eram pobres de dar enjoo a Ipavu e até, contra as inclinações dele, pena, porque ele achava que branco mais pobre do que índio não estava com nada. Índio anda nu porque nunca nem bolou como se faz uma calça de tergal, uma camiseta do Mengo, mas pelo menos se enfeita, dia de festa, com pena de arara, de gavião cutucurim, e não tem vergonha de andar de piroca de fora, quando o seringueiro de nome Icó, por exemplo, peito nu, vestido só de calça de brim tão surrada que ele se tapava e se cobria melhor se estivesse vestindo roupa feita de cortinado, ficava o tempo todo falando com os outros de banda, pra não se ver por um rasgão o alto pelado da coxa dele e o colhão, de esguelha.

Não tinham nada, ou de tudo tinham muito pouco, até de nome, menos um deles, que parecia até querer afrontar os outros três, que se chamavam Icó, o da calça rasgada, Ipu e Sá. O tal do outro se espalhava por aí afora com o nome de Paranapiacaba. Pois mal o Vicentino tinha feito lá o sermão dele, de último camaiurá, primeiro Beirão, e outras besteiras e insensatezes, os seringueiros, depois de uma conversinha e de muito cavucar nos bolsos, que eram todos de remendo novo em cima do pano velho, tinham apresentado ao Beirão, depois de um acanhado rateio, dentro de uma tigelinha de aparar látex, uma porção de moedas, quase todas com a cara da moça aflita de só existir do pescoço pra cima, mas que, somadas, davam mais de trezentas pratas, coleta que Ipavu considerou até razoável, vindo, como vinha, de Ipu, Icó, Sá e Paranapiacaba, sobretudo depois que ele calculou, vagaroso, de cabeça, quantas doses de pinga ou garrafas de cerveja estavam ali, naquela tigelinha, mas a reação de Vicentino Beirão foi de uma cerimoniosa mas ofendida e um tanto ofensiva recusa, de tão altaneiras suas palavras:

— Se isto é o máximo que vocês podem, apesar de serem quatro homens, apresentar como contribuição à Expedição que vai levantar todos os índios do Brasil pra libertar a eles, índios, e a vocês também, se o máximo de compreensão e dedicação à causa, por parte de vocês, vai ao máximo tão ínfimo de trezentos cruzeiros, guardai-os e sede felizes. De pobres vaqueiros, suados, enlameados, os pés endurecidos de grosso mijo e bosta, temos recebido pequenas fortunas, fartas e gordas contribuições. Vocês, vaqueiros de árvores, que não levantam cerca, não ajudam a parição de bezerro e novilhas, não semeiam colonião nem angola, se limitando a ordenhar, sem dó nem piedade, o leite das seringueiras, que não pastam nem ruminam o capim, não mugem, não chifram, não têm berne nem carrapato, vocês que apenas sugam essas eternas *mater* dolorosas das matas, de mil mamas leiteiras, com a faca e a boca sedenta das tigelinhas, vocês, logo vocês, não têm o direito de colocar trezentas pratas numa dessas tigelas, o que é um insulto já não digo a mim, mas a Ipavu, rei dessas matas, pois não se atira uma esmolinha a quem nos deu de presente um continente.

Aí Ipavu, ainda que fosse incapaz de classificar o que então baixou nele, sentiu contra seu companheiro de Expedição, contra aquele que tinha chegado a ser seu pai, dias atrás, uma raiva do espírito, que era no corpo dele, pouco afeito a tais manifestações, o engasgo, a gagueira, o endurecimento do dedo índice da mão direita, resultante do generalizado sentimento de ultraje diante do desdém, por um lado, de Vicentino, e, do outro lado, da oferenda à Expedição daqueles brancos que haviam caído, afundado abaixo, nas prateleiras da terra, à dos índios selvagens, do mato, quase à prateleira dos gambás, ou das minhocas, no fundo da terra, entre os mortos, e, sem saber se o arrepio e a náusea que sentia vinham da alma, e se vinham do corpo a piedade e compaixão diante de Icó, Ipu, Sá e Paranapiacaba, Ipavu entrando, agora oficialmente, em nova relação de parentesco, ou invertendo-a, fulminou Vicentino Beirão, dizendo, braço estendido:

— Vicentino Beirão, pra quem não sabe, é o último cara de uma tribo que está se acabando, de cafetão de índio, como falava Seu Vivaldo, um cara da pesada, que só falava verdade, o dia inteiro, ao contrário desse aí. Nem eu sou o último dos camaiurá, nem esse bosta é o primeiro dos Beirão, porque, por muito merda que seja essa raça Beirão, deve ter gente melhor, na família, do que o Vicentino. Agora, puta que me pariu, eu achava bom fingir que tinha pai branco, desses que trepam com índia mas tiram o filho dessa merda do mato, e adotei como pai o Vicentino Beirão, mas de agora em diante, depois que ele recusou as trezentas pratas de Sá, Icó, Ipu, Paranapiacaba, que nem vivem à vontade, de piroca de fora, feito índio, e morrem de vergonha, feito Icó, porque não conseguem esconder, achando que é coisa feia, os bagos, de agora em diante quem manda aqui sou eu, índio camaiurá, que passo a ser o tutor de Vicentino, meu tutelado, e vocês, que passaram pra gente trezentas pratas, são meus irmãos — tudo isso falou Ipavu quase, pela primeira vez, debulhado, como se diz, em lágrimas de amor ao próximo.

XIV

Depois de dias inteiros em que ele se esquecia, mesmo quando via e reconhecia os outros e os outros falavam com ele, de falar, de como é que a gente fazia e expelia de si as palavras, ou mesmo quando via comida, de comer, de como é que, posta a comida na boca, se mastigava e engolia ela, sem se lembrar de nada disso, ou cagando pra se lembrar, e, por falar nisso, cagando pra saber o que era, como era, cagar, até se pilhar sujo, Ieropé, de repente, reparou que já não conseguia também saber como é que a gente fazia pra se lembrar, simplesmente, lembrar o que tinha acontecido, ou como é que a gente era, ou quem era, sentindo, em compensação, que se lembrava de coisas que não tinham nada que ver com ele, que tinham se passado na ausência dele, longe dele, que não dava pra atinar como se lembrava delas, mesmo porque, descobriu, elas tinham acontecido antes dele. E chegou o dia da graça que tomou conta dele todo, o que não era difícil, não era preciso muita graça não, porque Ieropé, de tanto se esquecer dele mesmo pra lembrar do antes dele, tinha sumido nas carnes, emagrecido, fenecido e principalmente se afinado muito. À medida que o tempo passava, ia, na verdade, tomando as feições e aparências daquilo em que se transformava e que virava ele, enquanto ele, de bruços na rede, olhava e olhava, horas a fio, a fogueirinha embaixo da rede, fria e morta nem sabia desde quando.

De repente, no dito dia da graça, foi aquela fulguração, as labaredas lavrando agora dentro dele, trancadas nele, queimando ele, que já tinha caído dos altos de vanglória, onde faíscam raios e ciciam sumaúmas, pro chão, que pisam onça e anta, capivaras, iraras e tanajuras. E foi ainda além, Ieropé, quer dizer, foi mais baixo, se apoucando, se desaforando, se afastando dele mesmo pra chegar ao antes, através dos lagartos de barriga na terra, da cobra d'água lambida e transparente, e aí, no corpo quase sem corpo, sem nada, Ieropé, virando baba escorregadia, filamento de mal se enxergar, sentiu que ele próprio era agora a coisa menor, mais sonsa e mais sutil, suspirinho pegajoso de matéria, espinho de gosma tensa, Ieropé-cambeva, Ieropé-barbilhão, Ieropé-candiru.

Na desfeita, no deslinde, o trabalho era secar os rios antes que se entornassem no Morená e esfiapar as almas antigas antes de desembarcarem lá, no regaço de Maivotsinim. Era, portanto, reter nas nascentes o acontecido e vivido, que todo candiru vai do olho do cu ao olho que tudo vê, da racha da fêmea à alma de todos nós e da cabeça de ierapiróka à outra cabeça e ao miolo onde abre farpelas e nadadeiras, se ferra, se aninha e ninguém arranca mais de lá o peixe amado de Maivotsinim, fino pelo de buço, boceta, criatura que é a mais, durante a feitura, meditada, mais forte do que raio e sumaúma na hora das soldas, sendo a mais miúda das vidas, a fedorenta, a intrometida, a fode tudo que fode, porque quando o candiru se firma, se crava, o dito fica por não dito, toda jura é perjurada, o que era trato destratado, pois candiru se enxertando o tempo passado fica furado, se esvazia e escorre dele a vida, desvivida, e as vindas são desavindas nas farpelas e nadadeiras de Ieropé-candiru.

XV

No dia seguinte ao do encontro com os seringueiros a Expedição Montaigne, ao desarmar barraca e retomar caminho, em busca do Culuene, rio camaiurá, levava exatamente — sem contar a nota de mil que Ipavu ia botar numa caderneta —, como tesouro, numa tigelinha de aparar leite, a qual os seringueiros, apesar de tudo, tinham deixado, a quantia de trezentas pratas, cuja existência Vicentino Beirão, pouco ligando, ou meio esquecido de sua desdenhosa recusa da véspera, tinha constatado com muita satisfação. Ipavu também deu de ombros — mas sem exagerar o movimento, de medo que doesse alguma coisa, porque de noite tinha tido um trabalhão pra fazer o sono entrar na rede onde ele se virava e revirava, olho aberto e pontada nas costas —, e indicou ao Beirão o fardo maior, da barraca e das roupas, carregando ele, no saco de lona e cortiça, agora frouxo, as duas derradeiras januárias, e foi na frente caminhando, magérrimo e já cansadíssimo depois da noite maldormida e de tomar, como café da manhã, rapadura com um punhado de farinha.

Quando saíam da clareira onde tinham acampado e começavam a andar na direção em que devia estar enroscada a primeira pontinha do Culuene ainda mal nascido — varando, pra tomar alento, uma lagoinha aqui, outra ali, atraindo e bebendo um fino cordão d'água amarrado feito um colar numa pedra da encosta, enxugando pra dentro dele mesmo um charquinho pequeno, quase se engasgando e se assoreando de sapos que entravam nele com a água do charco — se viram cercados, Ipavu e Vicentino, pelos quatro seringueiros da véspera, a saber, Ipu, Icó, o Sá e Paranapiacaba, parados assim num meio círculo, feito ferro de foice, todos com cara de espera e tocaia, de emboscada que se revelasse em curva de caminho, os embosqueiros não fazendo mais questão de se esconder, antes, ao contrário, muito anchos de se mostrarem, de ameaçarem com suas caras e suas armas, e esses, o Sá, Icó, Ipu e Paranapiacaba não pareciam nem parentes dos mesmos Paranapiacaba, Sá, Icó, Ipu de ontem, da véspera, decididos que estavam agora, o Icó se cagando pro rasgão da calça, encarando a Expedição de frente e mostrando, sem pejo nem pudor, alto da coxa, fundo do saco, e ierapiróka, a chapeleta. Vicentino Beirão e Ipavu deram aquela trava, e, como se estivessem combinados, sorriram juntos, saudaram com a cabeça, esperaram ouvir relatos, alguma história de que ali estavam Icó, Ipu, Paranapiacaba e o Sá porque um pistoleiro doido, um bandido cruel ou leprosos famintos rondavam as matas. Ipavu se sentiu assim meio ressabiado e se lembrou, no hospital dos tuberculosos, durante uma festa do tal dia do índio, a mesa dos docinhos e cajuada onde ninguém, por vergonha, queria ser o primeiro a se servir e comer, porque ali, naquele mato, Sá, Icó, Ipu e Paranapiacaba pareciam estar na frente não duma mesa cheia de doces mas cheia de coisas pra dizer e ninguém pegava nenhuma, com fome mas com vergonha, sem coragem, e vai daí Ipavu falou, esperando que fosse só isso, que eles estivessem apenas esperando uma deixa pra desemperrar a língua:

— Aqui o Vicentino Beirão, depois da má-criação e da pirraça de ontem, queria mesmo ver vocês pra pedir desculpas e agradecer a tigelinha, e é isso que ele vai fazer agora, ele que é bom de discurso, senão eu dou uns catiripapos nele que ele bota até música na desculpa e ainda ponho ele pra cantar de joelhos.

Mas, continuando em silêncio, e sem nem parecer que tinham ouvido bom-dia que fosse de Ipavu, Icó, Ipu, o Sá e Paranapiacaba mandaram o Beirão tirar das costas as correias do fardo que levava, o que parecia indicar que pretendiam roubar a barraca, os teréns da Expedição, dos quais Vicentino se despojou, se desarreiou com íntima revolta e tristeza mas por fora com sábia alacridade e mesuras. A seguir, e ainda sem falar, os seringueiros apontaram a Ipavu o fardo que jazia por terra e mandaram que com ele se selasse e se ajaezasse, o que Ipavu fez, sem muito entender por que, depois de depositar no chão o saco de lona com as januárias. Mal tinha acabado Ipavu de passar as correias pelos braços, aguentando o fardo contra as costas, Icó, Ipu, o Sá e Paranapiacaba apontaram, juntos, o saco no chão e Ipavu entendeu que devia pegar o saco de novo, o que fez, mas agora com um pouco menos de medo e de modos do que antes, começando a ficar muito puto demais com a palhaçada e pantomima, tanto assim que resolveu abrir a boca e perguntar que folia de Reis era aquela à moda de Resplendor:

— Qual é...?

— Qual é? Qual é? Se você quer saber é a puta da índia que te pariu, seu índio nojento — falou, de introito, Ipu —, que tem o topete de esculhambar o cara aí, o branco, mandando nele, humilhando ele, quase cuspindo na cara dele, na fuça dele, quando tu outro dia aposto que ainda andava por aí pelado, cercando a gente pelas gretas do mato pra rachar de borduna a cabeça de gente!

— Vai, seu puto, segue caminho, mas carrega a mala, leva a bagagem, cuida do carreto, ou tu pensa que bicho do mato vira patrão quando encontra o primeiro branco de merda no caminho? — falou, língua solta de repente, o Paranapiacaba, caboclão, mas tão raivoso no momento que de falta de sangue na cara até que ficava bastante branco, e Ipavu teve medo dele que não foi pouco, o Paranapiacaba parecendo só pedir ao céu que Ipavu dissesse ainda fosse lá o que fosse pra furar ele com a peixeira que tinha, na bainha de couro cru, presa no cinto, e Ipavu não deixou de dizer a si mesmo que a gente pode não gostar, quando está em Carmésia, da PM de Carmésia, mas quando não tem PM nenhuma, em lugar perto, a coisa é ainda pior.

— Vai na frente, seu branco da desgraça — berrou Icó pra Vicentino —, e não me aparece mais aqui pra dar um vexame pai–d'égua desses quando pode até ter índio aí no mato na espia e na vigia, de arco e borduna, olhando a gente e vendo você se cagando nas calças de cagaço enquanto um puto dum bugre te xinga a puta da tua mãe, que afinal de contas era civilizada, feito a mãe da gente, que pare deitada na esteira, não pare de quatro, feito quem está cagando índio.

O Sá, que não parecia ter nada a dizer, e que apenas olhava a cena e olhava pros lados, feito olheiro de bandido que monta guarda no desfiladeiro, de repente deu um tiro de garrucha pro ar, soltou em seguida um berro assim feito um aboio,

"Ôu!... Ôu!...", e cuspiu na cara de Ipavu, que, já selado com o fardo, segurando na mão o saco de lona, sem nem pensar em limpar o cuspe, por enquanto, recuou, feito um carregador bem-educado, pra fazer o Vicentino Beirão andar, abrindo caminho, ele na frente, Ipavu atrás, procurando os dois sair do aperto e o Beirão, cumprimentando, aliás muito cortês, com a cabeça, Icó, Ipu, o Sá e Paranapiacaba, começou a caminhar, mãos abanando, se despedindo, falando, falando o francês dele, enrolando a língua. Quando se puseram mesmo em marcha, Icó deu um safanão em Ipavu, que ia caindo pra um lado, foi equilibrado por Ipu, que deu um empurrão pro outro lado, o Paranapiacaba resolvendo o assunto com um pé no cu que botou Ipavu na estrada, rolando que nem um ouriço, mas logo de pé, firme, sem soltar um pio, cabeça no ar, quase lampeiro, olhando em frente, não por qualquer problema de orgulho, tinha graça, e sim observando a mais estrita e comezinha prudência, marchando sem olhar pros lados, sobretudo sem olhar o Paranapiacaba, que nem parecia conseguir, no seu durável acesso de furor, tirar a peixeira da bainha, a mão dele tremendo no cabo dela.

Foram andando e andando, o Sá não aboiou mais, nem atirou pro ar, ou cuspiu na cara, Icó e Ipu não abriram a boca e o Paranapiacaba lá se deixou ficar, encarangado, quase entrevado de ódio, rosto de assombração, mais alvo do que roupa branqueando na corda. Quando tinham andado em silêncio bem meia hora, Ipavu sentiu que a vida estava querendo sair de dentro dele, de tão sovado, em mais de um sentido, e pouco acolhedor que o corpo dele tinha ficado pra ela, vida, e, sem nem pensar no cuspe, que devia estar seco, ou tinha virado suor dele mesmo, mais desabou no chão, depois dos joelhos vergarem por baixo dele e do fardo, do que se sentou, os olhos escurecendo, o corpo todo se transpirando, num frio só, ele igualzinho, pensou sem maior entusiasmo, à besta que tinha visto em Resplendor, arriando na estrada como se fosse de engonço e tivessem desengonçado ela por baixo, entre seus dois jacás de laranja, até botar a barriga e a boca no chão, morta.

Quando Ipavu abriu os olhos viu logo Vicentino sentado num tronco de árvore, cálice na mão, garrafa de januária em cima do tronco, ao lado dele, e, sem dizer nada, Vicentino ofereceu a Ipavu um cálice, tomado com gratidão, a quentura boa da cana diminuindo o desgosto que tinha Ipavu da carcaça dele mesmo, que de uns dias pra cá doía sem horário nenhum e quase sem escolher lugar. Ipavu despiu os couros do fardo e se desencilhou deles, se levantou — pensando o tempo todo, por mais que não quisesse, na tal besta, e achando que se ela tivesse dois braços em lugar de apenas quatro pernas tinha despido também os jacás lá dela —, pegou o saco de lona, colocou nele a januária que o Vicentino tinha tirado e que agora estendia a ele de volta, e começou a andar.

Ao ouvir o "psiu" Ipavu se voltou e viu Vicentino, que apontava, no chão, o fardo, enquanto esperava, ainda sentado no tronco, cálice de pinga na mão, que Ipavu, retrocedendo alguns passos, se ajaezasse de novo, passando as correias pelos braços. Quando Ipavu obedeceu, Vicentino Beirão se pôs em marcha, adiante, na chefia da Expedição, fato que foi aceito sem qualquer estranheza maior ou comentário, fosse qual fosse, por Ipavu, que sentiu assim, até com certo alívio, de não ter mais que pensar no assunto, que ficava de novo inteiriça, reconstituída, sua visão da arrumação das coisas e das pessoas e toca pra diante.

XVI

Ah, Ieropé devia ter tido cuidado muito maior contra as almas e seres que, mesmo sem corpo, sem cara, via, no escuro, verdes de despeito porque ele tinha descoberto, na menor das criaturas, no peixe que as próprias águas só conseguiam ver, ou sentir, quando ele já ia longe, o fio que liga a terra da gente camaiurá ao espaço de Maivotsinim, e esse fio agora era ele, Ieropé. O pior, entre os inimigos cegos de inveja, era provavelmente aquela velha alma dele mesmo, ressentida até agora por ter sofrido o governo dele quando a mão dele pesava mais do que tinha pesado a de Kutumapu, pesava bruta nele mesmo, e nela, na alma antiga que agora se vingava bagunçando a vida dele, misturando os caldos de potes e panelas e mexendo até nas urnas enterradas onde ele guardava, em água e limo, pra se cruzarem, os candirus de rio e os candirus que, de tanto ele pensar, saíam do pensamento e desciam pelas narinas dele.

O outro Ieropé, o outro ele mesmo, o abominável, atacou ele com ferocidade insuportável depois que ele virou candiru e mãe de candirus, baralhando de tal forma até severas ideias dele sobre macho e fêmea que lá pelas tantas ele sentiu uma dor enorme, que era a dor que o outro Ieropé tinha colhido no ventre de cunhã da Jaçanã na hora da agonia dela e metido nele, pajé, a qual dor, misturada com a dele, de homem, era artigo de morte imediata. Foi então que houve o pecado medonho, que ocorreu quando a dor de Jaçanã, parindo da dele, foi empurrando ele pro buraco tapado com uma pedra onde ficavam os remédios caraíbas, os proibidos, e ele aí...

— Ieropé, Ieropé, o que é que você fez, puto velho, da tua fé de pajé?

Isso era o outro Ieropé, fingindo solenidade, com voz de antepassado, mas todo zombaria e risadinhas, sacudindo os bagos e a piroca pra ele, querendo dizer que ele, Ieropé, de agora em diante mais ainda, nunca mais ia foder, nem curar ninguém: não era mais pajé, e era só meio homem, meio mulher.

A verdade é que ele tinha levantado a pedra, metido a mão no buraco como se estivesse metendo ela no tamá imundo da mãe de Fodestaine, e tirando de lá o vidro de penicilina, cuja vista maldita ainda, por um instante, o conteve, mas foi aí que as dores da Jaçanã incharam ele, foram subindo pra garganta, repetindo passo a passo a morte de Maria, última cliente, e Ieropé — com medo de morrer a morte da Jaçanã, e sem pensar, este o grave pecado, que continha, transportava em si mesmo o recém-nado candiru sagrado — emborcou o vidro e comeu o pó da porra penicilina que um dia tinha gerado Fodestaine.

— Por outras palavras, pajé Ieropé, tu tem a penicilina que tu recusou à Maria Jaçanã, que vai daí morreu — disse o outro Ieropé se espremendo todo de rir um riso de mulher, fino —, a Maria e uma pá de gente que virou alma antes do tempo e que em estado de alma vai vir toda ela dormir na tua rede, pajé, todas as noites, e dias também, que tu nem levanta mais, bruxo brocha.

XVII

Ipavu não poderia dizer, por nada deste mundo, que os safanões, as trombadas, a meia-coça que tinha sofrido aos trancos e coices de Icó, Ipu, do Sá e do Paranapiacaba tinham melhorado a saúde geral dele, ou aliviado a dor nas costas ou as outras mazelas, que eram talvez as mesmas, porque ele próprio não sabia mais onde acabava uma e começava outra. Tinha havido, fazendo as contas, as porradas dos seringueiros e as quedas com fardo nas costas, como se ele fosse besta de Resplendor ou aquele corcunda que tinha visto numa barcaça, quando ele e Vicentino iam atravessando o rio Doce: a gente passava as mãos na giba dele e ele, feito uma dessas máquinas da gente enfiar moeda e sair música, disparava a berrar palavrão e maldição, sem brigar, nem que o provocador fosse desse tamaninho, só pra emporcalhar os ares e lavar a alma lá dele. Mas ele, Ipavu, não tinha dito nenhum palavrão, nem mesmo quando, carregando aquela giba de fardo, depois das porradas, tinha tido um acesso de tosse braba e muito cuspe de sangue, porque palavrão desperdiça sopro e todo o sopro sobrante nele ele punha agora no caminho, na atenção com que olhava as árvores, os barrancos, as trilhas. Não estavam chegando a

Culuene nenhum mas estavam chegando ao Tuatuari, o que é a mesma coisa, dá no mesmo porque vai pro mesmo lugar, que todo rio passa nos camaiurá e vai desaguar no Morená. Batia muito o coração de Ipavu, que punha tento e punha olho em árvore e água mas no alto também, entre as árvores mais crescidas, procurando o cutucurim vara-nuvem que às vezes, quando soltavam ele, voava longe da gaiola e daquela merda de aldeia, que não merecia pluma de Uiruçu, e Ipavu disparava pro céu cada flechada de olhar que até tinha medo que Uiruçu saísse de repente de trás de uma nuvem e caísse morto, varado da paixão dele, Ipavu. Tinha mais uma coisa, se Uiruçu aparecesse mesmo, se deixassem ele sair da gaiola — porque sentir Paiap perto ele já devia ter sentido — era o milagre: não ia nem ser preciso botar os pés naquele nojo de aldeia, bastava voltar pro Crenaque, pras celas vazias e o relógio parado, pros botequins, pros galinheiros do Crenaque, com aquele desbunde e fartura de frango e pinto pra Uiruçu.

Logo que viu os primeiros rabos verdinhos do Tuatuari Ipavu avisou ao Beirão que tinham que roubar qualquer canoa que aparecesse, atracada na margem, que depois bastava guiar ela pra chegarem nos camaiurá, descendo a corrente, a vara cutucando o barranco, e o Beirão, que andava falando ainda mais bobagem e desvario depois dos seringueiros botarem ele de novo na chefia da Expedição Montaigne, tinha imposto silêncio a Ipavu, com psiu e dedo nos lábios pois os Beirões, declarou, desde antes dos descobrimentos, na corte do Formoso e de Dona Leonor, treinavam, no Tejo, os barcos que um dia iam chegar nos pataxó, aquela gentinha que estava no Crenaque, e que portanto um Beirão não ia aprender navegação com Ipavu, num rio do interior. Que pataxó era gentinha, quer dizer, merda de gente, Ipavu sabia há muito tempo e ainda bem que o Vicentino tinha aprendido pelo menos isso, porque ele andava dizendo asnice e parvoíce demais da conta, de sair pelo ladrão, e às vezes Ipavu até achava que o Vicentino nem sabia bem se ainda estava devolvendo ele, Ipavu, último dos camaiurá, ou se já tinha levantado os índios e ganho a guerra. Pra dizer a verdade, Ipavu estava cagando pra saber se o outro sabia, porque a única coisa que Ipavu queria mesmo era, um, encontrar uma canoa em vez de continuar acompanhando a pé o Tuatuari, como quem vai correndo do lado dum cavalo em vez de montar nele, e, dois, queria estar carregando menos peso nas costas, que já estava tão magro agora que precisava mesmo era dum passeio debaixo das asas de Uiruçu, e não de jacás de laranja nas costas doídas, feito a besta de Resplendor.

Na primeira parada que fizeram, enquanto mastigavam rapadura e tomavam uma cachaça, Ipavu desamarrou o fardo, tirou de dentro a barraca, a lona, a corda, os paus, a machadinha de abrir picada, só deixando dentro o plástico com rapadura um pacote de farinha, duas caixas de fósforo e outra de palitos. Tinha ainda no fardo a tal caixa alta, de papelão, amarrada com barbante, que Ipavu não sabia que diabo era, e, quem sabe, podia ser, como ele esperava e torcia que fosse, algum macete de comer. Agora, molhado e furado seu papelão, foi afinal aberta a caixa, e de dentro dela saiu apenas um boneco, de metal, ou bronze, pequeno, fino mas pesado, o puto, que bem podia ser de chocolate, pensou Ipavu, botando o desgraçado em pé na beira do rio, assim feito quem olha o Tuatuari, matutando pura cisma, vendo o rio passar e vai ver que pensando aquelas besteiras do Beirão, sobre rios, banhos e bostas. Devia ser um santo qualquer, de igreja ou de macumba, como o São Jorge enfiando a lança na goela do lagartão, porque o Vicentino Beirão, quando viu ele, o boneco, olhando o Tuatuari, ficou assim duro, primeiro, empertigado, depois abaixou a cabeça, mão no peito, dizendo:

— O Senhor de Montaigne.

Ipavu tinha visto logo que devia ser algum Nosso Senhor, mas não podia cagar mais, mesmo porque tinha visto ao mesmo tempo uma merda duma choça lá na frente e a chamada montaria do dono da choça, a canoa, a canoinha dos sonhos dele, Ipavu, amarrada na beira do rio, e era preciso cuidado pra roubar o cavalo sem o dono do cavalo relinchar, ou meter chumbo neles. Quando o Beirão, com o ar indignado de quem não gostou de ver o Nosso Senhor lá dele a pé, besteirão, olhando o rio, ia começando a arengar Ipavu e a contar que merda de Jesus era aquele mamulengo, Ipavu botou a mão na boca dele e explicou que todos aqueles teréns da Expedição iam ficar era ali mesmo pro caso da canoa não aguentar muito peso, e que eles iam andando sem alvoroço nem remoinho pelo rio, água até o pescoço, feito moita descendo a corrente de bubuia, e que iam desatracar a canoa com muito jeito, empurrar ela por baixo dela, no mergulho, e entrar nela, lá na frente, lá na volta que ele fazia, que o Tuatuari era todo cheio de curvas, feito a Dorinha de Resplendor, e aí era difícil alguém pegar eles ou atirar neles e bastava no princípio tocar a montaria forte, com vara na margem e com remo, carregando eles a restante januária, mais o pouco de rapadura e o fósforo, pois aquela merda de palito o Beirão podia enfiar no rabo, um a um. O Beirão achando sem dúvida melhor, naquele momento, naquela solidão, tão longe de Icó, Ipu, Sá e Paranapiacaba não discutir o caso da chefia da Expedição, se limitou a apontar, se não súplice ao menos com ar de quem pede com muito bons modos, a estátua do Nosso Senhor, dizendo que não podia deixar ele ali, abandonado, ao relento.

— Se tu quer aí o padroeiro carrega ele que pode ser que ele ajude mas se ele pesar na canoa jogamos ele pras piranhas.

XVIII

Ieropé estava resolvido a dar cabo de si mesmo, a se matar, mesmo sabendo que, santificado, transformado em pote, urna, cabaça de candirus de Maivotsinim, ele estava no ponto de ganhar a batalha, fazer o desencaixe, desandar Fodestaine no próprio ventre da mãe dele. O velho, isto é, o moço Ieropé, soltando todas aquelas almas pra se engalfinharem, se unharem e se morderem dentro do crânio de Ieropé e dentro da rede dele, e pra ensurdecer ele com mil cochichos, murmúrios, assobio de apupo e xingação urrada de súbito na orelha dele, ia conseguir que ele mesmo desse cabo dele mesmo antes de dar cabo de Fodestaine, o que ia ser a maior derrota já sofrida pelo povo camaiurá!

Por mais que ele buscasse a intercessão dos gêmeos, filhos de Maivotsinim, e por mais que já tivesse visto até a cara do mais moço dos gêmeos, Kwat, o que roubou o sol do gavião-harpia, Ieropé de repente perdia, num desmaio, a comunicação, passando a ouvir o guincho delas, quer dizer, de todas as almas daqueles e daquelas que tinham pedido e ele não tinha dado virofórmio, paregó, penicilina, e que, trazidas pelo outro Ieropé, tinham visto ele levantar a pedra e pegado o vidro e...

— Ieropé, Ieropé, cadê minha penicilina, seu esganado? Curandeiro ladrão da vida de minha dona, eu sou a alma sem casa, sem corpo de Maria Jaçanã!

Ai, gritava, gania, uivava Ieropé, magro, negro, reduzido, tanto quanto um homem podia, às dimensões do candiru, agulha dos dois mundos, ai, foi um tiquinho só, num momento de trevas, que eu não dormia mais, não parava de doer, não tinha mais nem espaço pra mim mesmo, Ieropé, em tanta dor, quando o outro, o boca imunda, o debochado, acasalou com a minha dor a dor de Maria Jaçanã, e eu mais ela parimos — ai, não!... Não bebi nada pra porre e devassidão, juro, feito meu aprendiz Javari quando tomou o xarope duma vez, dum trago, feito caxiri, vinho de buriti, e foi um tiquinho, uma gota, um gole, eu juro, não deu pra passar dor nenhuma, ainda mais que era daqueles vidrinhos de encher injeção na seringa pra enfiar na bunda depois e eu bebi direto, bebi, eu sei, a porra de Fodestaine, que eu não dava aos doentes, à Maria Jaçanã, que eu recusava, eu sei, eu sei, não precisa repetir a mesma coisa o dia todo, a noite inteira, eu sei que Ieropé bebeu sua fé de pajé, acabou com sua malícia e sapiência de candiru, a agulha que prende os mundos, o fedorento, o catinguento de Maivotsinim.

Ieropé estava resolvido a morrer esfregando na língua dele mesmo o veneno de esfregar em ponta de flecha — e ia passar muito veneno, bastante pra acabar com dois, na esperança de carregar com ele o zombador, o escarninho, Ieropé moço — quando a palavra candiru, o nome de fedorento de repente limpou as feições do gêmeo Kwat e Ieropé entendeu que podia muito bem estar caindo numa cilada — atenção! — e que a culpa da loucura de tomar o remédio não era — cuidado! — de fato, dele, ou melhor era culpa dele mas não como Ieropé — Maivotsinim me ilumine! — e sim como recém-candiru, candiru novinho que ele era agora — não podia ser outra coisa! —, ainda desconhecendo sua nova e íntima natureza.

Um pouco mais calmo, afastando o veneno — não ainda decidido a não tomá-lo, nada disso, mas só pra ver se era ou não verdade, ou se era puro consolo, desses que se dá a um moribundo, o que ele lia na cara bonita de Kwat — Ieropé, em parte devido à sua nova natureza de candiru, a si mesmo disse que ele, o candiru, sendo a menor e a mais sábia das obras de Maivotsinim, tudo sabe e nada desconhece na sua forma e espírito de candiru, mas, transformado em homem, em Ieropé, no caso, se vê diante de casos, enredos e tentações novas, não é mesmo, e de uma certa confusão, tal como Ieropé-homem sentia diante de casos e tentações que acontecem com candiru. Ficava, assim, senão inteiramente claro, pelo menos bastante possível que o candiru e não Ieropé, sentindo dores pra ele, candiru, desconhecidas, que afligiam, isto sim, Ieropé, tinha, usando mal conhecimentos que eram de Ieropé, e não dele, bebido, por ignorância, inadvertência, a penicilina, como uma criança, sem saber o que fazia. Não era Ieropé, por torpe e humano medo de morrer, tal como uma Maria Jaçanã qualquer, quem tinha esvaziado o frasco maldito, e sim o candiru, por sentir, e naturalmente não aprovar, a sensação de ser um Ieropé que doía, de passar a sofrer os padecimentos humanos de Ieropé.

Se era assim, e tudo parecia dizer que era mesmo, Ieropé dificilmente podia se matar sem cometer o feio crime de destruir ao mesmo tempo o candiru, a miniaturazinha, a obra menor e mais perfeita de Maivotsinim, na qual ele, Ieropé, tinha se transformado, à qual tinha se encolhido, se reduzido, se rebaixado para se elevar com ela pelos cus do mundo. Nessas alturas Ieropé chegou mesmo a estremecer de medo, só de pensar que, morrendo ele, se quebrava o ovo que Maivotsinim tinha posto na cabeça do único branco decente, branco camaiurá, que tinha aparecido na frente dele, o guerrilheiro vidente, Ximbioá: subindo pelas rachas e cus do tempo, desmanchando o que tinha sido, Ieropé-candiru podia até, mais adiante, rir da travessura de candiru-Ieropé, filho predileto de Maivotsinim, brincando de confundir épocas, uma das quais nem ia existir mais, nem a época nem o remédio tomado pelo candiru-Ieropé iam existir, já que tudo aquilo, toda aquela árvore de acontecimentos emaranhados ia ser arrancada, Fodestaine destrepado, desnascido, descriado e desviajado para todo o sempre.

Nesse momento, Ieropé, depois de jogar fora, no meio das cinzas frias e dos tições mortos, o veneno, conseguiu, depois de dias e dias de olhos secos, ardendo, fechar as pálpebras pesadas e dormir em paz, ensinando baixinho ao candiru inexperiente como é que a gente esquece das coisas, as ruins como as boas, na rede, e se fica bem quieto pra que a alma, sabendo que está tudo bem, saia pra sua vida de todas as noites e conceda ao corpo da gente a morte nossa de todos os dias.

XIX

Depois de atracar a canoa numa angrinha do rio, de areia branca, daquelas que, em setembro, ficam cheias de ovos de tracajá, Ipavu, se não estivesse tão cansado e sem fôlego, ia, de pura gozação, perguntar a Vicentino Beirão se ele ainda sabia o que é que tinha vindo fazer na terra dos camaiurá, já que o Beirão, talvez por sorte dele, nem pensava mais em dizer a uma centena de camaiurá que Ipavu era o último deles. Não dava mais a impressão, como em Pirapora, de carregar, como coisa delicada, que pode quebrar, se bater, o último representante de uma nação indígena, como costumava dizer, e sim de que levava, pela orelha, um moleque fujão, atrevido e muito precisado de couro e quarto escuro. Era leve a sacola restante, com meia garrafa de januária e meio tijolo de rapadura, mas, leve ou pesada, Vicentino nem olhou pra ela quando desembarcaram da canoa e tomaram o atalho que levava às malocas camaiurá, entendido como parecia estar na cabeça dele que o chefe da Expedição Montaigne não se confunde com mula de Resplendor, de carga, e que não há quem, com um embrulho na mão, conserve a autoridade entre gente bronca, do mato.

Mas Ipavu, além de carregar a sacola, pouco se incomodava de carregar, se fosse preciso e se as costas dele não doessem muito, o Vicentino e até mais algum Beirão que aparecesse, porque, à medida que chegavam mais e mais perto da lagoa de Ipavu, o nome dela, que os brancos tinham pregado nele, parecia fugir dele, voltar, como um rio de espumosas itaipavas e cataratas, pra dentro dela, lagoa, puxando ele, Paiap, querendo afogar ele, fujão, ladrão do nome da lagoa do povo dele, sagrada, a lagoa de Maivotsinim e dos gêmeos, enquanto das árvores, pretas de breu no meio da noite, dos riachos, das moitas de mato, subia feito um sussurrão, um cochicho de tudo quanto era água e folha, o nome de Paiap, repetido, em martelada e pio, pelos sapos e pelas corujas, Paiap, Paiap, como se ninguém tivesse se esquecido dele, ou como se ele tivesse saído dali na véspera, como se por mais que ele saísse dali não fosse se desgrudar nunca. Ipavu só queria, ali, ser lembrado do gavião cutucurim, Uiruçu, que nunca tinha sabido e pouco se importava de saber se o nome dele era Ipavu e o da lagoa Paiap, ou ao contrário, mas tinha certeza, agora, de que os camaiurá não tinham nem sentido a falta dele, quer dizer, que tanto fazia ele estar presente como não e que se ele se distraísse deitava de novo raiz naquele chão da desgraça.

Ah, a salvação, a tranquilidade era Ipavu ter ainda do seu lado aquele meio palmo e meia tigela de branco porra-louca, que não ia valer nada depois que Ipavu e Uiruçu pusessem os olhos um no outro, mas que, até o momento do encontro, servia de pinguela, mesmo que muito vagabunda, de ponte, ainda que caindo aos pedaços, ligando ele ao mundo de Resplendor e de Crenaque, do milharal de cerveja plantado nas varetas de metal da geladeira, da Dorinha, que quando passava gonorreia pra alguém depois não cobrava mais, de Seu Vivaldo, que carregava cem chaves e não tinha porta nenhuma pra fechar, das competições entre Atroari, Canoeiro e ele, de punheta, que Seu Vivaldo queria fazer oficiais, municipais, do feijão com torresmo, aos domingos. Paiap, Paiap, Paiap, iam chamando os sapos de dentro dos charcos, e as corujas, do alto das árvores, e Ipavu, tremendo, só não dava a mão a Vicentino Beirão porque o Vicentino era capaz de achar que ele estava sendo atrevido e confiado, ou, pior ainda, que ele tinha aviadado de repente. E nem teria valido a pena porque de noite, quando chegaram à aldeia camaiurá, Ipavu já não tinha mais nem disposição de sentir medo, ou vontade de segurar mão de ninguém, só tinha mesmo enjoo, vontade de vomitar, de arranjar um pau de resina e uma lata de gasolina pra incendiar palhas e penas, redes e flechas, cuias, cabaças, jacuís, jamaxis e tipitis pra depois enfiar um dos paus de resina, aceso, no rabo de cada camaiurá, tocando a tribo inteira, aos gritos, pra apagar o fogo do cu na lagoa Ipavu e de lá, de preferência, não sair mais, fazendo dele o último camaiurá e acabando assim pro resto da vida com aquela merda de povo. O cão mais velho e mais sarnento da aldeia lambeu, reconhecendo Ipavu, ou Paiap, sem dúvida, a mão dele e pôs sossego entre o resto da cachorrada, e Ipavu, o coração aos saltos, ia se encaminhando pro canto da aldeia em que ficava Uiruçu, na gaiola de varas, quando Vicentino falou, quase declamando:

— Fundada Lisboa Ulisses veio ensinar os camaiurá a fazer, de pau d'arco, arcos, brandando: Feliz quem, como o Joaquim, fez uma bela viagem.

Vicentino Beirão calou a boca, quase caindo desacordado, com o cascudo que levou de Ipavu, que, cada vez mais mareado, tinha acabado de ver, como quem vê baba escorrendo de uma ferida, o filete de luz que se espremia pelas frinchas das malocas, a luz mortiça, que escapava das fogueirinhas acesas lá dentro, embaixo da rede da mulher, que ficava embaixo da rede do homem, subindo dela pra ele o cheiro adocicado de jenipapo e fêmea. Aqueles merdas, pensou Ipavu, bebendo caxiri em cuia em vez de beber cerveja gelada e cachaça, aquela lagoa grande que nem um mar sem um puto dum botequim em lugar nenhum! Deu outro cascudo em Vicentino Beirão, que agora tinha começado, em tom de sermão, a falar aquelas coisas dele em francês, porque Ipavu tinha visto que se entreabria a porta da única cabana apagada, sem fogo por dentro, que se via na aldeia inteira, e que, se nada tinha mudado, naquela merda de brejo com gente morando em vez de sapo, era a cabana de Ieropé, o pajé.

Mas de repente Ipavu esqueceu tudo, o medo passado, de Ieropé, o medo presente, da volta dele mesmo à merda, a Paiap, e mesmo o medo maior de todos, de não regressar a Resplendor, porque, mesmo antes de se virar, já sentia na nuca as duas verrumas, os feixes de luz, e, trêmulo, se virou a custo, pesado feito um tronco de árvore, feito um quarup quando, além do seu peso natural, de tronco grosso, já tem em si o outro peso, dos atos, dos gestos, das chateações e dores do morto que volta estalando as cascas e as fibras da árvore que vai virando gente. Quando Ipavu se voltou de todo, gemendo feito o quarup quando rebenta dele braço, perna e aflição de pessoa viva, a lua ia saindo feito uma peitorra enfunada de cunhã gorda caiando de leite a aldeia toda e mostrando no meio do terreiro, no centro da roda de malocas, as varas do gaiolão onde crepitavam os olhos de Uiruçu, as pupilas do cutucurim penachudo. Ipavu foi caminhando pra gaiola vacilante, ou, como pensou na hora, caminhando em cima de nuvem, feito gavião-real, e pensando no tempo todo que tinha vivido de ausência — quer dizer, da falta de ver com os olhos da cara o Uiruçu, que nunca se afastava da vista dele — e de saudade, quer dizer, bem-querer de longe, com o amor aumentado até não poder mais pela distância que tinha havido entre ele e a gaiola onde ele tinha ficado preso. Foi caminhando ainda meio morto de sem-ver, de bem-querer, mas sentindo que estas penas de amor se derretiam, junto com as dores do corpo, no banho de leite do terreiro de Uiruçu, que ele agora acariciava pela porta aberta da gaiola, o dorso alvo feito embaúba prateada, flor de sabugueiro...

Tinha Ipavu tirado o gavião-real, Uiruçu, da gaiola de varas, Uiruçu que parecia ele todo de prata, quando, ao mesmo tempo, ouviu roncos de Vicentino Beirão estendido no chão, barriga pra cima, como se a lua tivesse fulminado um porco atrevido, que bebia o leite que ela esguichava, espremendo as tetas, e viu, trôpego, tateante feito um cego — sombra magra, fina e preta do pajé que tinha sido — Ieropé, que vinha chegando perto, e então Ipavu puxou o Beirão adormecido pra dentro da gaiola vazia, até que ele coube lá dentro com as mãos envolvendo os joelhos, menino velho em barriga de mãe seca, fruta engelhada num balaio, e, Uiruçu pousado feito uma garça enorme e alva no seu ombro, correu silencioso de volta ao mato e à canoa.

XX

Ieropé acordou sentindo a morte que puxava ele pelos ombros, bruta, diretamente para o fundo da terra, e ele sabia, ou bem podia imaginar, por que, podia até ouvir o porquê, dos gemidos que saíam das almas camaiurá que voejavam pelo ar às cegas, sentindo falta das mãos que esfregavam de angústia, quando tinham corpo, vagantes agora sem pouso, sem casa, pois eram as tais pestes que se consideravam desalojadas pelo pajé, assanhadas, dementes, sem os antigos cabelos a desgrenhar, aos uivos e guinchos, acusando sem cessar o pajé de estarem no sereno porque ele tinha recusado virofórmio, paregó, aralém às pessoas que elas, almas, habitavam, quando agora, ele, pajé, tinha pegado aquele vidro e...

De repente, com alívio, Ieropé se lembrou, incorporou ao trivial, ao dia a dia, os grandes desconsolos da véspera, seguidos da consolação perfeita, a saber, a prova da culpa do candiru no penoso caso do remédio, e tão completo foi o contentamento do pajé, o remanso em que entraram as águas agitadas do espírito, que ele chegou, olhando o montinho de apagadas aparas de lenha debaixo da rede, ao luxo, que há muito tempo não se dava, das cismas vagas, sem compromissos, ou quase, contemplando o leva e traz, o vaivém das ideias naquelas horas em que a gente não sabe se está acordado ou dormindo. Que tinha sido o candiru, ou o candiru-Ieropé, quem tinha tomado o remédio, isso já era coisa por demais apurada e estabelecida, mas essa conclusão não tinha passado, ou só tinha passado muito mal para o sono de Ieropé-candiru, e nesse caso, como sempre acontecia, tinha resvalado tudo para o pesadelo, que é quando falta chão pro deslizar das imaginações entre dia e noite, pesadelo igual ao do rio, que vem todo tranquilo, olhando céu e árvores, quando, perdendo o chão, perde também o pé e vira desordenada cascata, se espatifando nas pedras, caindo na areia, muito agastado, todo em tiras e gotas.

Mas olha Ieropé de novo suando e tremendo, se cagando, se mijando, virando água de choro e de outras umidades das juntas e das frestas no descome e desbebe daquela dança danada de osso em couro de pajé velho! Porque agora, sem transição, o que Ieropé achava é que tinha acordado devido a barulho do lado de fora e vai ver que quem procurava ele não era alma sem albergue e espírito, mas gente mesmo, gente! gente viva atrás da vida dele, quer dizer da morte dele, quem sabe os pais, tios, primos de mortos, que a família nunca acha que o morto devia ter morrido, era isso, gente furiosa e ele fraco daquele jeito, sem nem poder pedir socorro à alma do Zeca Ximbioá, alma de branco, que portanto escapava da aldeia das almas de Ieropé, da comarca, do governo dele, e que ia talvez, por ter sido alma do Ximbioá, balançar a cabeça que tinha tido, que imaginava ter ainda, do Zeca, enquanto Ieropé ia ser abatido feito um cachorro de duas almas, raivoso.

O melhor era sair antes que, pela porta, entrassem os verdugos com suas bordunas, com os facões dados pelos brancos, os machetes, o melhor era sair por baixo da palha da choça, feito um xerimbabo, uma jiboia caseira, uma ariranha de estimação, porque assim, mesmo que do lado de fora houvesse outros assassinos e carrascos, ele podia, se levantando, desesperado mas inesperado, matar de susto algum deles, ainda temeroso de malefícios e maus-olhados, e fazer fugir os outros.

Ieropé se esgueirou por baixo da palha pro lado de fora, pro terreiro, de gatinhas, feito um curumim nascendo, escorregando do tamá da mãe pro pó do chão, e assim, fuçando a terra, foi parar não longe da choça e pelo menos, agora, se certificava de que a choça não estava cercada e que pelo jeito não tinha nada de gente humana bulindo por ali. Mas logo, sem descanso, sem piedade, do silêncio das coisas terrenas ouviu uma voz de sons estranhíssimos, que não falava nada de se entender, e que era talvez língua de alma de branco. Ou será que a terra e o céu se revezavam para atormentar Ieropé, para exterminar o candiru antes de feito o trabalho da destrança, enquanto aquele burburinho de fala de nada, de ninguém, de não querer dizer coisa nenhuma, vinha talvez, de novo, de almas implicantes, as renitentes, as que não tinham casa, se juntando pra fazer um crime novo, uma invasão de almas no corpo, já muito combalido pra mais de uma, do pajé, uma injeção de... Ai, a palavra maldita!

Ieropé se pôs de pé de repente porque sentiu que o chão devia estar afundando, cedendo, mole, debaixo dele, com forma e jeito dele, o jeito do seu corpo, como se alguém estivesse medindo ele, desenhando ele no chão pra depois só ter mesmo que cavar a cova. Será que candiru novo não vingava em pajé velho e que por isso é que ele, Ieropé, tanto

107

fazia besteiras na sua natureza de candiru, como, feito agora, feito até indagorinha, na sua natureza de pajé velho? Uma puta lua, estufada que nem peito de cunhã gorda, queria aleitar ele no terreiro, é claro que sentindo nele o candiru novinho e não aquele tipiti velho e furado que ele era, todo manchado e curtido do veneno que tanto tinha tirado da mandioca brava que eram os outros.

Foi aí que Ieropé enxergou mais longe — se é que se podia falar em enxergar no caso de Ieropé, o da pálpebra cada vez mais caída, selada, quase pronta pro sono que não acaba nunca — um vulto, e ouviu aquela matinada pros lados da gaiola de Uiruçu, a harpia. Ieropé ficou imóvel um instante, tremendo, sabia lá se de maleita ou cagaço, mais provavelmente cagaço, o difícil, no caso, sendo estabelecer se era cagaço de almas vingativas e sem caráter, pois não respeitavam pajé velho, ou de gente vingativa, pior que alma, de certa maneira, por causa da borduna. Aos poucos Ieropé se acalmou e deu uns primeiros passos, de candiru novo, indeciso nas pernas, ou de pajé velho e usado, e quase, o que não acontecia a ele faz muito, teve uma sensação antiga de prazer, se é que ele ainda se lembrava direito como era, só de andar pelo terreiro deserto e branco, entre as malocas, sentindo o frio da noite, e até andou mais depressa, em direção à gaiola do gavião. Tão bem se sentiu Ieropé que de novo ficou perturbado, atormentado pelo bem-estar, pela ausência de sofrimento, com um medo novo em folha, acabadinho de nascer, de que o remédio recusado por ele a Maria Jaçanã e a tanto outro doente transtornado de dor estivesse curando ele, no maior truque e traição do duelo mortal, curando ele feito quem cospe na cara do inimigo, feito quem peida de desdém e passa, fechando as narinas, quem perdoa, quem derruba pra sempre o adversário e fica esperando, braços cruzados, que a cova dele se abra no chão e mastigue ele com dentes de terra, de raiz, de pedra. E Ieropé, melhorzinho de corpo e agonizante na alma, respirou fundo, tonteou um pouco, e, ao se apoiar na gaiola de Uiruçu, viu dentro dela, à luz da lua, quem? Que bicho é esse, perguntou a si mesmo o pajé, abre direito, ralhou ele com a própria pálpebra, ainda que seja pela última vez, enfia, se for preciso, um batoque de índio beiço de pau nessas órbitas de calango velho e engelhado, vê se enxerga claro, que enxergar é contigo, seu resto, sobra de pajé, não é com candiru, que só enxerga o opaco, o que está por dentro de ierapiróka e por trás de uluri. Que fim levou Uiruçu? Por que tu virou gente, Uiruçu? Fala teu nome, harpia, cutucurim, e diz que recado veio no teu bico pro pajé ardiloso pra nada, que enganou a Jaçanã desenganada e que virou candiru pra nada, que não enxerga nada, cego demais que está o pajé pra acertar com o olho escuro do cu do tempo. Ah, ainda bem que Uiruçu abriu o olho, me escutando, e o olho de Uiruçu eu estou vendo porque não é olho de rabo preto, cu do tempo, mas um olhinho de miçanga azul... Ximbioá me acuda!

Foi aí que Ieropé sentiu a cascata, mas sentiu antes, feito rio matreiro e sabido que quando entra em corredeira e itaipava já sabe que o chão vai faltar e prende o fôlego, e fecha os olhos, e puxa as saias pra cima, porque oxente! disse Ieropé, era isso mesmo, quer dizer, quando bebi a tapioca branca, moída e pilada e enfiada no vidro não tinha mesmo importância porque já tinha começado a desfalar o falado, desandar o andado e desfoder o fodido! Acorda, cambada camaiurá, acorda e obedece de novo a Ieropé, pajé de todos, candiru rompe-cu, fura-tempo, acorda todo o mundo que tudo que é folha que caiu volta pro galho e tudo quanto é rio daqui vai correr de costas até secar o Morená! Aí as almas todas vão aparecer feito quando não chove, rio seca e tudo que estava escondido aparece e a gente pode descolar alma danada de qualquer corpo, mesmo corpo antigo! O candiru entrou até a cabeça de cima e destrancou o que havia, ficando o dito por não dito, o cumprido se descumpriu, e candiru-Ieropé trouxe de volta a alma e o corpo, numa gaiola, pra queimar, nos dois, todos os casos e acontecimentos!

Enquanto arrastava pro centro do terreiro, com uma força que há muito tempo não entrava nele, a gaiola em que Uiruçu, servindo ao candiru de Maivotsinim, tinha chamado a si o que nunca devia ter existido, Ieropé entendia, afinal, que seu bem-estar não tinha mesmo nada que ver com o remedinho vagabundo que ele tinha feito muito bem de recusar à Jaçanã: sua força nova, de pajé, era a força que, suprimida da vida de Fodestaine, ficava de sobejo, e agora atuava nele pra que ele consumasse o sacrifício de Fodestaine no meio daquele povo de Ieropé, que ia saber quem mandava no dia de hoje e no de antigamente também, porque nada precisa ser o que é, nem tem obrigação de ficar sendo o que foi quando não tinha nada que ter sido.

Ao redor da gaiola de Fodestaine, que tinha os olhos fechados de novo, as cunhantãs e os curumins, que tinham sido os primeiros a reconhecer os novos poderes, ou a renovação dos poderes de Ieropé, colocaram, primeiro, os paus de um barco imprestável, que eles próprios tinham arrastado até o terreiro, as tábuas de um caixote velho, usado como mesa por um padre salesiano que tinha passado pela aldeia meses atrás, e até gravetos, folhas, alegres, ativos, como se nunca tivessem feito outra coisa na vida. Uma das meninas cobriu depois a lenha com umas frescas palmas de indaiá, porque viu de repente no chão, caído das tábuas do caixote, dois daqueles santinhos que o padre distribuía entre os índios, um de um bispo, barba no queixo e mitra na cabeça, e outro de uma santa de camisola de dormir, cada um na sua fogueira, pegando fogo sem ligar a mínima, os dois entre verdes palmas e pencas de anjinhos bochechudos, que pareciam estar soprando e avivando com muita disposição as chamas, sendo estas, as chamas, a única coisa que ainda faltava enquanto Ieropé metia em brios os índios parrudos e as índias taludas com o exemplo, o fervor das crianças, e desfiava gesta e saga de antepassados, na qual introduzia, estalando de novo, prestes a estalar em línguas de fogo, o último capítulo, que passava por passado mas ia mesmo era acontecer ali, naquele momento, que era, a um só tempo, o de sua concepção e sua incineração.

O pajé bateu forte com os pés no chão, chamando os do fundo, os de baixo, enquanto transformava seu conto em canto, cantilena, sua voz rouca acompanhada, em tom claro, por curumins e cunhantãs, que entoavam com timidez mas também sapateavam forte com os pés miúdos, brandindo no ar os pequenos arcos. Foi aí que o tuxaua-capitão e campeão de huka-huka Pau-ferro, como os brancos chamavam ele, já muito atuado e arretado de prestar atenção ao que Ieropé falava, começou ele também, só que em voz mais branda e mais cava pra não abafar a narração do pajé, a arengar os homens moços, válidos, caçadores e guerreiros, dizendo que camaiurá andava pasmado e panema, esperando até que caraíba inventasse festa pra ele dançar, mas que ali, naquela hora, não tinha branco nenhum, nem do posto nem visita, e se a cantilena de Ieropé estivesse com a razão podia até ser que não fosse mais aparecer branco nenhum, nunca mais. E se não fosse bem assim, quem é que ia saber o que ia acontecer neste dia misterioso, com Uiruçu virando aquele branco velho mas pequeno, feito um curumim, com olho fechado, de cachorro que acaba de nascer?

Não ficou nem criança de peito em maloca nenhuma, nem cachorro, coati ou papagaio fora do terreiro depois que Pau-ferro pegou uma tora enorme do jequitibá que o raio tinha ceifado e suspendeu ela no ar, como se a tora fosse a árvore subindo da terra e ele o raizame, todo encordoado de músculos, das tornozeleiras e jarreteiras de embira às penas de arara enfiadas na orelha. Muito solene, carregando devagar, nos braços levantados, aquele monstro de pau da floresta, ele depois arriou ela, a tora, feito quem deita, com amor, uma mulher, estendeu ela, suavezinho, a um lado da fogueira, agindo assim como quem está fazendo muito mais do que os outros estão vendo e entendendo. Outras toras vieram, nos braços dos moços, que só tinham conhecimento de Pau-ferro na raiva das lutas e que agora viam a outra raiva dele, misturada de amor, vinda de dentro e de longe, e cada um foi trazendo do mesmo jeito a sua tora e arrumando a fogueira, suspendendo a gaiola e a lenha leve, as folhas, as palmas de indaiá.

Foram afinal as velhas, as mães da aldeia, as que nem olhavam mais o pajé, ou não viam mais ele sem um rogo de praga desde a morte de Jaçanã, que trouxeram os paus de resina em fogo, ou, acesas, as velas que brancos tinham deixado, mais as panelas cheias de brasas, as tabocas fumegantes, crepitantes, que atearam uma língua de fogo em cada um dos quatro cantos da fogueira.

XXI

Javari acordou no meio da noite, na casa do posto indígena, com a impressão, quando soprava o vento, de um ruído distante de festa, trazido pelos ares aos pedaços, feito um pano roto, feito — só que formadas de cantoria e da batida de pés no chão, no tambor do chão — as ilhas, que sumiam logo, que ele via no rio quando tinha chovido, moitas flutuantes, mordidas da barranca pela correnteza, arrancadas, e que iam descendo o Culuene, caminho do Morená. Sentado na rede, pés balançando, Javari remoía medos velhos, com gosto de azedo, mas por isso mesmo até mais espantosos, medos dos tempos em que aprendia ofício de pajé, ainda na aldeia, com Ieropé. Esses medos é que estavam voltando num bando, feito ilhas de bubuia em tempo de enchente, errantes, desatracadas, transportando lufadas de música velha e de aflições passadas, não podia deixar de ser, pois festa não tinha nenhuma naquela zona inteira de camaiurá, calapalo, uialapiti, aueti que o posto vigiava.

Que festa feroz seria essa que tinha ficado presa na cabeça dele e que começava a sair agora de dentro dele feito tripa podre daquele guerrilheiro Ximbioá, feito vômito de caça enfeitiçada, preparada no mato pra matar quem come? No fundo da cabana grande o chefe do posto roncava, o Feitosa, na rede enorme que ele tinha mandado txucarramãe fazer e onde, quando ele enchia a cara de cachaça, pra esquecer a mulher que tinha corneado ele com o Joelão, não faltava índia, que ele fodia aos gritos obscenos e às carreiras, e mandava logo embora, com um colar de vidro e um pé no rabo. O Feitosa, de dia, andava de olho pregado no chão, feito cão que enraivou, cuspindo palavrão, diziam que era pra mulher dele — enterrada por ali mesmo, ainda com o Joelão dentro dela e a faca dentro dos dois — ouvir xingação o dia inteiro, mas de noite, com cachaça ou sem cachaça, fodendo índia ou não, dormia e roncava feito um justo, como se diz, enquanto Javari, como estava acontecendo aquela noite das cantorias e batuques da imaginação dele, ficava de olho aberto, olhando o trançado de buriti da coberta da cabana do posto. Continuava ouvindo, e sabe lá se não ia ouvir pro resto da vida, as queixas, os pitos e as ralhações gemidas e choramingadas das almas que ele tinha começado a cuidar e tinha tido que abandonar depois de tomar o xarope pra dormir direito porque Ieropé tinha assustado ele demais com a história das almas furiosas porque ficaram sobrando para o resto dos tempos e que trocam sua força de alma de homem pelo uso e serventia das feras do mato, que andam de quatro, que olham pro chão.

XXII

Quando Vicentino Beirão acordou ainda conseguiu, naquela hora das despedidas, pairar por um derradeiro instante nas altitudes severas do pensamento lúcido, por cima dos fumos da cachaça, os quais, diga-se de passagem, e a bem da verdade, iam de certa forma animar as chamas de sua pira. Estas chamas, ateadas pelas velhas da aldeia, as mães camaiurá, já davam uma primeira lambida nas toras de jequitibá, nas tábuas, nas palmas, enquanto os índios em volta, tanto as crianças quanto os guerreiros, erguiam arcos no ar. Vicentino gritou, naturalmente, terá mesmo urrado de ardor e dor quando as palmas incendiadas e os galhos flamejantes o chamuscaram, de início, mas nem terá plenamente apreendido o que com ele se passava antes que sua rápida cocção de ave suspensa no jirau, no moquém, simplificasse de maneira decisiva qualquer operação mental mais clara de que ele ainda fosse capaz. O que não se pode afirmar, jurando em cruz, como se diz, mas se pode razoavelmente inferir, e lamentar, ao mesmo tempo que se lamenta, em si mesmo, o suplício do Beirão em sua jaula ardente, é que ele não terá sequer vislumbrado que, na ágrafa mitologia do Xingu uluriano e camaiurano, tal como estava sendo remanejado na crônica hortativa e imprecatória de Ieropé, pajé-candiru, ele, Beirão, adquiria uma importância vital, consumindo em si mesmo, reduzindo, por assim dizer, às cinzas dele próprio o ser que nunca devia ter sido. Em compensação, se considerarmos sua formação cultural, sua leitura, bastante extensa, e sua predileção pela história e as tradições francesas, Vicentino (ainda que sem intuir, como se diz agora, que o sacrifício dele podia estar colocando os camaiurá numa encruzilhada histórica tão importante quanto a outra, de outra fogueira) terá tido a lembrança vaga, enfumaçada, um tanto sufocante mas também luminosa dos últimos momentos de uma mocinha francesa, da roça, ardendo entre os arcos de arqueiros anglos.

Seja como for, e atestando, pelo menos nisso, a validade da cantilena de Ieropé, o fogo que consumiu Vicentino Beirão podia realmente ter lavrado em dias de antanho, pois ninguém, no Brasil propriamente dito, soube dele, do fogo, ou de que, ou quem, teria sido por ele devorado e desfeito, ontem, anteontem ou quando quer que fosse, faltando qualquer menção, registro ou referência, escrita ou de viva voz, ao mesmo.

XXIII

Javari acordou com aquela sacudidura da rede, que chega rangeu nas cordas e no gancho, e pôs as mãos na cara, cotovelos protegendo o peito, pois uma lasca afiada de osso tinha provavelmente sobrado nas dobras brancas da alma que o atacava, feito um punhal escondido, ou então era o Feitosa, que jurava de morte quem ele achava que ria da galhada na testa dele, com uma faca enorme, nova, já que a outra estava na bainha dos dois amantes, e não adiantava Javari querer proteger mais do que a cara, o peito, enquanto o ventre, pensou, o ventre... Pelo estremecimento que sentiu abalando ele mesmo quando abriu os olhos e viu que estava sozinho na rede, diante do dia cinzento que raiava, Javari entendeu que se sacudia e se atormentava sem precisar ajuda de ninguém, por conta própria, cumprindo ordem e fado.

As noites da gente ficam sem sono e os dias sem graça quando a confusão da gente encontra a confusão do mundo, quando, por exemplo, a gente acorda numa convulsão de abalar rede e ouve, roncando no repouso dos que não devem nem temem, o Feitosa. Moído, cansado de não se aguentar em pé, como se tivesse dançado, gritado e sapateado a noite inteira na festa que não tinha havido, que ninguém mais do que ele tinha ouvido, na festa que ele talvez tivesse visto em outros tempos, e esquecido, abriu a porta leve da cabana do posto, olhou lá embaixo o Tuatuari. Se inteiriçou, sentindo o aviso, o agouro, ao avistar sem remador, sem índio, caboclo ou branco na proa, sem ninguém dentro, a canoa esquisita, quer dizer, não nela mesma, canoa-canoa, de índio, de casca de jatobá, como outra qualquer, mas tinha que se achar esquisita uma canoa que em vez de gente na proa tinha era um baita dum gavião de penacho e Javari era capaz de jurar que o gavião estava manobrando a canoa, do jeito manso que a canoa ia entrando de ponta na tabatinga da margem. A tabatinga até que parecia mais branca, ou cinzenta, apesar de sempre parecer mais esbranquiçada do que era antes do sol raiar, e Javari primeiro perguntou a ele mesmo se não seria isso, e logo depois achou que sim, que era, que o beiço de tabatinga do Tuatuari estava mais descorado do espanto de ver uma canoa com um jacumã cutucurim, daqueles que índio dá de comer e guarda na gaiola de varas, feito um funil de borco, pra se servir de pena de fazer flecha, mas que nunca ninguém viu de jacumã ou proeiro, governando canoa. De peito oprimido, coração batendo forte, Javari começou a descer correndo o barranco de pura e forçosa valentia, menino que ele era de fazer o que achava que tinha que ser feito, mas se ele se largasse e fizesse a vontade do corpo corria era pra trás, pra longe daquele gavião.

Chegando perto, Javari logo se tranquilizou, porque o gavião voou, quer dizer, o galinhão, o passarão, tinha pousado na canoa e, chegando eu perto, se falou Javari, chegando gente perto, bateu o asão e voou que é isso mesmo que gavião-harpia ou qualquer bicho de asa faz quando alguém chega junto dele, uai. Mas que ele antes estava meio assombroso, lá isso estava, o bichão, parecendo que abria ar e água com o bico, ou, asudo, unhudo, que ia carregando a canoa no ar, mal deixando ela riscar a água. Mas ai!, foi de curta duração aquela paz, tão boa que Javari quase virou as costas e subiu o barranco de novo, o que devia ter feito, antes de ficar com o beiço mais branco do que o barro branco, tabatinga, do beiço do rio, porque ele, depois de voar o gavião, em vez de dar as costas e subir o barranco, olhou dentro da canoa e então viu o que nunca mais ia esquecer, aquela sangueira medonha que fez ele lembrar o dia do Feitosa saber o que todo o mundo sabia, que a mulher dele estava dando feito uma desvairada, quase na cara do povo, pro Joelão, e pegou Joelão em cima dela e em cima dela o Joelão ficou pra todo o sempre porque a última peixeirada do Feitosa varou espinha dele, umbigo dela e foi cravar na ripa da cama: é que no fundo da canoa Javari viu um índio camaiurá, do tope dele mesmo, já vestido de civilizado, quer dizer de calção, como ele também, mas mortinho, mortinho, lambuzado de sangue e com um risco de sangue meio coalhado, feito um fio de miçanga vermelha, escorrendo pelo canto da boca dele até o pescoço. Junto dele, no fundo da canoa, tinha um bicho com as entranhas à mostra, um caitetu, parecia, porco do mato. Javari conhecia a morte, visse ela em bicho ou em gente, e bastava olhar a cara daquele indiozinho esquelético no fundo da canoa pra saber que estava morto, mesmo que ele não tivesse sangue no peito e nos braços, por fora, e na boca aquele sangue vindo de dentro, cordãozinho tinto de urucum que é o que ligava o indiozinho à mãe-vida depois que ele tinha saído do meio das pernas da mãe-mãe. Bastava olhar a cara do menino — que podia até ser aquele Paiap, se não fosse tão magro e o Paiap estava, devia estar no hospital pra onde tinham mandado ele — mesmo que a cara estivesse limpa, lavada, e o corpo dele coberto: a cara estava vazia, vazia, não feito quando a morte visita a gente todos os dias exercitando a gente pra morrer um dia, não feito quando a gente ganha o presente de morrer todas as noites no sono, coisa que a gente só não liga porque está ferrada no sono, como falava o pajé, e sim quando todos os exercícios foram feitos e a alma, acabado o serviço, sai de vez pela cova dos olhos e a furna das orelhas, tão vazia que Javari relanceou os olhos pelo ar em torno, buscando a alma, tentando quem sabe pegar ela ainda tonta e ver um ar do semblante dela, o modo dela.

E foi quando ele estava assim, meio esquecido, murmurando umas palavras que nem ele sabia o que eram, o que queriam dizer, ou quando é que tinha aprendido elas, que um bafo qualquer de vento, podia ser, ou podia ser que estivesse muito mole da chuva a beirada do rio, e de qualquer maneira Javari estava muito pouco atento pra descobrir o porquê daquilo, o fato sendo que a canoa se desprendeu quase que em segredo e saiu de costas, feito quem se desculpa, quem já demorou demais e sai de mansinho, sem se despedir de novo, apenas dando um giro feito assim de dança na aguinha de pouca monta e escassa corrente, começando a deslizar livre, enquanto Javari, nesse impulso que a gente obedece sem pensar, quando vê canoa travessa se soltar de amarra, entrou n'água e deu uma braçada, pra pescar de volta a fujona e ver mais de perto, com segurança, se não era o Paiap, ou, fosse o morto quem fosse, enterrar ele em terra dele, camaiurá. Mas então Javari viu voando de volta pra canoa o passarão, o Uiruçu dos camaiurá, que outro não podia ser, e foi aí, nesse momento, que ele sentiu, ou lembrou, que a água do Tuatuari nunca, mas nunca era fria assim, de doer na canela, na virilha da gente, nem mesmo de manhãzinha, e que a canoa devia estar indo ele sabia muito bem pra onde e não queria chegar lá em canoa dos outros, antes da hora dele não. Javari viu na água a sombra do gavião penachudo e quando a cãibra enrijou a perna dele Javari pensou nas almas que entram nos bichos e gritou, gritou, sentindo, na ilharga, a dentada da cãibra que subia da perna, enquanto a canoa, serena, continuava sua marcha rio abaixo, o gavião agora dentro dela, cabeça reta, dando menos a impressão de rasgar o vento com o bico do que de avisar o vento que eles vinham vindo, o gavião, o menino morto, a canoa fúnebre, pra que ele, vento, se abrisse rombudo e oco feito uma redoma e fosse seguindo com eles, protegendo eles.

O pessoal do posto, o Feitosa mais o outro servente, acudindo aos gritos, vieram descendo o barranco às carreiras, pensando que Javari estava sendo mordido de piranha ou furado de candiru, mas estacaram diante de um Javari de pé entre as taboas, beiço branco, todo tremendo de febre, parecia, que não tinha tido frio ali para tanta tremura, apontando a canoa sem remador, sem piloto, sem ninguém de vara na proa ou de mão no leme, a cabeça do gavião aparecendo sozinha, como se a canoa fosse um animal de assombração, corpo de jacaré, cabeça de gavião. O Feitosa prestou atenção quando o Javari falou no barco aparecendo, no índio morto, mas quando ouviu falar em sangue e mais sangue, o caitetu destripado, o índio sangrando pela boca, o peito ensanguentado, ele abaixou a cabeça olhando o chão, e entre os dentes, mastigando as palavras dum jeito que mal dava pra entender, xingou a mulher de puta, de fodedeira, mandou ela abrir as pernas pros vermes e fez em seguida pontaria, levantando por um instante o fuzil que, dedo no gatilho, ele trazia sempre apontando o chão, menos por prudência e cuidado do que pra catar a mulher nas profundas. Fez pontaria bem na cara do gavião, na qual viu o perfil adunco do Joelão, mas quando o dedo dele apertou o gatilho Javari já tinha desviado o cano do fuzil pros ares, e quando o outro servente, corda do arco estirada, ia abrir a mão direita e largar a flecha, Javari se atirou aos joelhos dele, derrubou ele, e caídos os dois no massapê do rio, entre as taboas, implorou e rogou, puxando os cabelos, que não fizessem aquilo, que quem parasse aquela canoa puxada por um gavião de penacho cortava e aterrava dentro dele mesmo o vau de passagem entre um mundo e outro, o vão dos encontros, onde o homem tem seu juízo e a alma tem seu corpo, mesmo porque, como qualquer um podia ver, a canoa estava indo direta, feito quem marcou hora, pro Morená, pro moitará dos rios e das almas.

E como nunca ninguém no posto tinha visto o Javari em tamanha aflição, e como, além disso, ninguém quer puxar briga à toa com um gavião-real, de penacho, que vai levando carne, de bicho e de homem, sabe-se lá para onde, pra que, pra quem, o Feitosa, com um muxoxo de desdém e um palavrão, bateu com a coronha do fuzil no chão, com força, como se visse ali a cara da adúltera, enquanto o outro servente, com um suspiro de alívio, arriou arco e flecha na mão esquerda e, olhos na canoa, levantou a direita em pala na testa, pra bater, disfarçada, a Maivotsinim ou a quem fosse e coubesse, uma continência como a que tinha aprendido quando fazia seu serviço. O Feitosa, vista no chão, resmungava e remoía insultos, enquanto Javari e o companheiro olhavam e continuaram olhando a canoa que levava, para o Morená, Uiruçu e Ipavu, a qual canoa, em miniatura, numa rosca distante do Tuatuari, já parecia uma escura serpente com topete de garça.

Maricá, 6 de fevereiro de 1982.

ESTUDO CRÍTICO
───────────

CALLADO E A "VOCAÇÃO EMPENHADA" DO ROMANCE BRASILEIRO[1]

Ligia Chiappini

Crítica literária

Embora se alimente de episódios quase coetâneos, muitos deles tratados em reportagens do autor, a ficção de Antonio Callado transcende o fato para sondar a verdade, por uma interpretação ousada, irreverente e atual. E consegue tratar de forma nova um velho problema da literatura brasileira: sua "vocação empenhada",[2] para usar a expressão consagrada de Antonio Candido. Uma ficção que pretende servir ao conhecimento e à descoberta do país. Mas o resgate dessa tradição do romance empenhado ou engajado se realiza aqui com um refinamento que não compromete a comunicação e com um caráter documental que não perde de vista a complexidade da vida e da literatura. Busca difícil, que termina dando numa obra desigual, mas, por isso mesmo, interessante e rica.

───────────

[1] Este texto é a adaptação do Capítulo IV do livro de Ligia Chiappini, intitulado *Antonio Callado e os longes da pátria* (São Paulo: Expressão Popular, 2010).
[2] Essa expressão, utilizada para caracterizar o romance brasileiro a partir do Romantismo, é de Antonio Candido em seu livro clássico *Formação da literatura brasileira*, de 1959.

O jornalismo e suas viagens proporcionam ao escritor experiências das mais cosmopolitas às mais regionais e provincianas. A experiência decisiva do jovem intelectual, adaptado à vida londrina, a quase transformação do brasileiro em europeu refinado (que falava perfeitamente o inglês e havia se casado com uma inglesa) afinaram-lhe paradoxalmente a sensibilidade e abriram-lhe os olhos para, segundo suas próprias palavras em uma entrevista, "ver essas coisas que o brasileiro raramente vê".[3] É assim que ele explica seu profundo interesse pelo Brasil no final de sua temporada europeia, quando começou a ler tudo o que se referia ao país, projetando já suas futuras viagens a lugares muito distantes do centro onde vivia.

Da obra de Antonio Callado, em seu conjunto, transparece um projeto que se poderia chamar de alencariano, na medida em que seus romances tentam sondar os avessos da história brasileira, aproveitando, para tanto, junto com os modelos narrativos europeus (sobretudo do romance francês e do inglês), os brasileiros que tentaram, como Alencar, interpretar o Brasil como uma nação possível, embora ainda em formação. A ficção como tentativa de revelar, conhecer e dar a conhecer nosso país constitui o projeto dos românticos e é, ainda, o projeto de Callado, que, como Gonçalves Dias, Graça Aranha e Oswald de Andrade, redescobre o Brasil. Conforme ele próprio nos conta em vários depoimentos, os seis anos que viveu na Inglaterra foram, em grande parte, responsáveis pelo seu projeto de trabalho (e, de certa forma, também de vida) na

---

[3] Cf. entrevista concedida à autora e publicada em: *Antonio Callado, literatura comentada* (São Paulo: Abril Cultural, 1982. p. 9).

volta. As viagens, as reportagens, o teatro e o romance servem, daí para frente, a um verdadeiro mapeamento do país: do Rio de Janeiro a Congonhas do Campo; desta a Juazeiro da Bahia; da Bahia a Pernambuco; de Olinda e Recife ao Xingu; do Xingu a Corumbá, com algumas escapadas fronteira afora, para o contexto mais amplo da América Latina.

Obcecado pelo deslumbramento da redescoberta do Brasil, seu projeto é fazer um novo retrato do país, o que o aproxima de Alencar, depois da atualização feita por Paulo Prado e Mário de Andrade, e o converte numa espécie de novo "eco de nossos bosques e florestas", designação que Alencar usava para referir-se à poesia de Gonçalves Dias. Não faltam aí nem sequer os motivos da canção do exílio — o sabiá e a palmeira —, retomados conscientemente em *Semprevíva*. Tampouco falta a figura central do Romantismo — o índio —, que aparece em *Quarup* e reaparece em *A expedição Montaigne* e em *Concerto carioca*. E, nessa viagem pelos trópicos, vamos recompondo diferentes Brasis, pelo cheiro e pela cor, pelos sons característicos, pela fauna e pela flora.

Mesmo nos livros posteriores a *Quarup*, nos quais se pode ler um grande ceticismo em relação aos destinos do Brasil, permanece o deslumbramento pela exuberância da nossa natureza e as potencialidades criadoras do nosso povo mestiço. Vista em bloco, a obra ficcional de Antonio Callado é uma espécie de reiterada "canção de exílio", ainda que às vezes pelo avesso, como em *Semprevíva*, em que o herói, Vasco ou Quinho — o "Involuntário da Pátria" —, é um exilado em terra própria. O localismo ostensivo, que ainda amarra esse escritor às origens do romance brasileiro, de uma literatura e de um país em busca da própria identidade (e até mesmo a certo regionalismo, nos primeiros romances), tem sua contrapartida universalizante, desde *Assunção de Salviano*, transcendendo fronteiras e alcançando "os grandes problemas da vida e da morte, da pureza e da corrupção, da incredulidade e da fé", como já assinalava Tristão de Athayde, seu primeiro crítico. Aliás, do mergulho no local e no histórico é que resulta a concretização desses temas universais. Assim, pelo confronto das classes sociais em luta no Nordeste, chega-se à temática mais geral da exploração do homem pelo homem e das centelhas de revolta que periodicamente acendem fogueiras entre os dominados. Pela história individual do padre Nando, tematiza-se a situação geral da Igreja, dos padres e do intelectual que se debatem entre dois mundos. Pela sondagem da consciência de torturadores brasileiros, chega-se a esboçar uma espécie de tratado da maldade, que nos faz vislumbrar os abismos de todos nós.

O contato do jornalista-viajante com nossas misérias e nossas grandezas sensibiliza-o cada vez mais para a "dureza da vida concreta do povo espoliado",[4] que, presente em suas reportagens sobre o Nordeste e na luta dos camponeses pela terra e pelo pão, reaparece em seus romances. Em alguns deles, esse povo não é mais do que uma sombra, cada vez mais distante do intelectual revolucionário e do escritor, angustiado justamente com sua ausência sistemática do cenário político e das decisões capitais da nossa história.

O tratamento do nordestino pobre (em *Quarup* e *Assunção de Salviano*) ou de um pequeno comerciante de uma

---

[4] Cf. Arrigucci Jr., Davi. *Achados e perdidos*: ensaios de crítica. São Paulo: Polis, 1979. p. 64.

provinciana cidade de Minas Gerais (*A madona de cedro*) parece aproximar o escritor daqueles autores românticos que, como o polêmico Franklin Távora, defendiam o deslocamento da nossa literatura do centro litorâneo e urbano para regiões mais afastadas e subdesenvolvidas. Contudo, em Callado, isso não se manifesta como opção unilateral, mas como evidência da tensão. O caminho da reportagem à ficção feito pelo autor de *Quarup* pode ser comparado ao caminho da visão externa à do drama de Canudos, percorrido por Euclides da Cunha em sua grande obra dilacerada e trágica: *Os sertões*. Da mesma forma aqui, guardadas as diferenças, o esforço do intelectual, formado nos centros mais avançados, para entender o universo cultural do Brasil subdesenvolvido acaba sendo simultaneamente um esforço para indagar das raízes de sua própria ambiguidade como intelectual refinado em terra de "bárbaros".

No caso da abordagem do índio, as trajetórias do padre Nando e de *Quarup* são exemplares como a conversão eucliana. Documenta-se aí a passagem do interesse livresco e do enfoque romântico, que o levam, no início, a idealizar o Xingu como um paraíso terrestre, à vivência dos problemas reais do índio, contaminado pelo branco e em processo de extinção. Nando termina chegando a um indianismo novo, em que o índio é tratado sem nenhuma idealização.

Mas Callado não só revela a miséria do índio. Aponta também, a partir de uma vida mais próxima à natureza, para valores que poderiam resgatar as perdas da civilização corrupta. Desencanto e utopia, eis aí uma contradição dialética, evidente em *Quarup*, e uma constante nos livros do escritor, nos quais a repressão, a tortura, a dominação e a morte aparecem sempre contrapostas à imagem da vitalidade, do amor e da liberdade, simbolizados geralmente por elementos naturais: a água, as orquídeas, o sol, que travam uma luta circular com a noite, os subterrâneos e as catacumbas. É a dimensão mítica e transcendente que faz Salviano ascender aos céus (ao menos na boca do povo), em *Assunção de Salviano*; é ela que faz Delfino recuperar a calma e o amor depois da penitência, em *A madona de cedro*; é ela que permite, apesar de todas as prisões, as desaparições e as mortes com que a ditadura de 1964 reprimiu os revolucionários, que, no final de *Quarup*, Nando e Manuel Tropeiro partam para o sertão em busca da guerrilha, e que o já debilitado Quinho, de *Sempreviva*, ao morrer, uma vez cumprida sua vingança, se reencontre com Lucinda, a namorada morta dez anos antes nos porões do DOI-Codi.[5] Retomada na figura de Jupira e de Herinha, ambas também parentas da terra e das águas, Lucinda é uma espécie de símbolo dos "nervos rotos", mas ainda vivos da América Latina (alusão à epígrafe de *Sempreviva*, tirada de um poema de César Vallejo).

Essa ambivalência acha-se no próprio título do romance de 1967. O quarup é uma festa por meio da qual, ritualmente, os índios revivem o tempo sagrado da criação. Em meio a danças, lutas e um grande banquete, os mortos regressam à vida, encarnados em troncos de madeira (kuarup ou quarup) que, ao final, são lançados na água. O ritual fortalece e renova a tribo, que tira dele novo alento, transformando a morte em vida.

Bar Don Juan, *Reflexos do baile* e *Sempreviva* retomam as andanças do padre Nando tentando retratar os diferentes

---

[5] Organização repressiva paramilitar da ditadura.

Brasis (das guerrilhas, dos sequestros, do submundo de torturadores e torturados). O que sempre se busca são alternativas para "o atoleiro em que o Brasil se meteu", mesmo que, cada vez mais, de forma desesperançada, com a ironia minando a epopeia e desvelando machadianamente o quixotesco das utopias alencarianas. E essa busca se amplia no confronto passado-presente, interior-centro, no caso do desconcertante *Concerto carioca*. Ou, finalmente, quando se estende à América Latina, com seus eternos problemas, incluindo a terrível integração perversa que ocorreu com a "Operação Condor", nos anos 1970 (como aparece em *Sempreviva*), e, cem anos antes, com a "Tríplice Aliança" (rememorada obsessivamente por Facundo, personagem central em *Memórias de Aldenham House*).

A ironia existente já em *Assunção de Salviano* e *A madona de cedro* — ainda comedida e, portanto, mínima — vai crescendo a partir de *Quarup*, até explodir na sátira de *A expedição Montaigne*, que parece encerrar o ciclo antes referido.

Nesse romance, um jornalista, de nome Vicentino Beirão, arrasta consigo pouco mais de uma dúzia de índios (já aculturados, mas fingindo selvageria para corresponder ao gosto desse chefe meio maluco) e Ipavu, índio camaiurá, tuberculoso, recém-saído do reformatório de Crenaque, em Resplendor, Minas Gerais. O objetivo da insólita expedição, que tem como mascote um busto do filósofo Montaigne (um dos principais criadores da imagem do bom selvagem na Europa), é "levantar em guerra de guerrilha as tribos indígenas contra os brancos que se apossaram do território" desde a chegada de Cabral, que é descrita como um verdadeiro estupro da terra de Iracema.

Depois de várias peripécias e de sucessivas perdas no labirinto de enganosos rios, conseguem chegar à aldeia camaiurá, levados pelo rio Tuatuari. A longa viagem, na verdade, conduz à morte. Vicentino Beirão, febril e semidesfalecido, é empurrado por Ipavu para dentro da gaiola do seu gavião Uiruçu, companheiro de infância com quem foge logo a seguir. O pajé Ieropé, já velho e desmoralizado, incapaz de curar os doentes desde que os remédios brancos foram introduzidos na aldeia, tendo saído de sua cabana pouco depois da fuga de Ipavu, e vendo o jornalista enjaulado, vislumbra aí a possibilidade de recuperar o seu prestígio de mediador entre os homens e os deuses, "recosturando o céu e a terra" e trazendo de volta o tempo em que suas ervas e fumaças eram eficazes. Porque, para ele, Vicentino Beirão é Karl von den Steinen renascido. Trata-se do antropólogo alemão que fez a primeira expedição ao Xingu em 1884, aqui chamado de Fodestaine.

Enquanto isso, a tuberculose, que estivera corroendo as forças de Ipavu durante toda a travessia, completa sua obra e o indiozinho também morre, reintegrando-se na cultura indígena por meio de um ritual fúnebre: a canoa que se afasta com seu corpo, rio afora, conduzida pelo gavião de penacho.

Como na maior parte dos romances de Callado, o desenlace é insólito e nos agrada na medida em que surpreende. No entanto, o grande prazer da leitura está em seguir o desenrolar da história, o contraponto das perspectivas alternadas, a escrita que nos empolga e nos faz ler tudo de um fôlego só, provocando ao mesmo tempo a expectativa do romance policial, o riso da comédia, a piedade e o terror da tragédia.

Anti-herói paródico, Vicentino Beirão é Nando, Quinho e tantos heroicos revolucionários dos romances anteriores. A dimensão utópica desaparece, persistindo somente de forma negativa, na amargura de um mundo fora dos eixos: nossa tragicomédia exposta.

A vertente machadiana, cética e irônica, que combinava tão bem com o lado Alencar de Callado (aparecendo em outros romances só quando o narrador se distanciava para olhar exaustivamente e sem piedade a miséria dos heróis e a pobreza das utopias em seus mundos infernais), agora ganha o primeiro plano, intensificando a caricatura. *A expedição Montaigne* parece resumir um ciclo de modo tal que, depois dela, é como se Callado trabalhasse com resíduos. Ainda apegado ao tema do índio — tema pelo qual ele reconhece um interesse do avô, que também gostava de tratar desse assunto —, o escritor volta a ele em seu penúltimo romance — *Concerto carioca* —, mas, dessa vez, caracterizado por uma problemática histórico-social mais ampla.

A tentativa de *Concerto carioca* é, como o próprio nome aponta, a de concentrar em um cenário urbano a ficção previamente desenhada pela viagem aos confins do Brasil. Entretanto, até isso é ambíguo, já que o Jardim Botânico, onde transcorre a maior parte da ação, é uma espécie de minifloresta que enquadra e anima de modo mítico, com suas árvores e riachos, a figura de Jaci, o indiozinho (agora citadino) vítima de Xavier, o assassino um tanto psicopata, no qual poderíamos ler o símbolo tanto dos colonizadores de ontem quanto dos depredadores da vida e da natureza de hoje, de dentro e de fora da América Latina, tornando a exterminar os índios, agora transplantados para a cidade.

Ettore Finazzi Agrò[6] leu *Concerto carioca* como um concerto desafinado, um conjunto de sequências inconsequentes e de pessoas fora do lugar, umbral, paralisia e atoleiro, em um presente que arrasta o passado, feito de falta e remorso, em analogia com o ritmo desafinado da nossa existência descompassada. O mesmo atoleiro que nos obriga a arrancar-nos da lama pelos próprios cabelos, tarefa hercúlea que o próprio Callado sempre invocava, aludindo a sério aos contos do célebre barão de Münchhausen.[7]

Nesse livro, ainda bebendo nas fontes de sua própria vida (a infância passada no Jardim Botânico e o descobrimento do índio pelo menino, aprofundado anos depois pelo repórter adulto), o escritor retoma também outro tema que lhe é familiar: a temível potencialidade das pessoas. Segundo seu próprio depoimento, isso se confunde com a tarefa do romance, que é levar a pessoa ao extremo daquilo que poderia ser: "Então, você pode acreditar em uma prostituta que é quase uma santa no final do livro, como em um santo que resulta em um canalha da pior categoria."[8] Ao longo de toda a obra, essa dimensão, que poderíamos chamar de "a pesquisa do mal no homem, na mulher, na sociedade", aparece nos momentos em que os demônios se soltam.

---

[6] Cf. Nos limiares do tempo. A imagem do Brasil em *Concerto carioca*. In: Chiappini, Ligia; Dimas, Antonio; Zilly, Berthold (Org.). *Brasil, país do passado?*. São Paulo: Edusp/Boitempo, 2010.

[7] Personagem de *As aventuras do celebérrimo barão de Münchhausen*, escrito pelo alemão Gottfried August Bürger em 1786 e publicado no Brasil com tradução de Carlos Jansen (Rio de Janeiro: Laemmert, 1851). A análise da tensão temporal em *Concerto carioca*, no livro citado na nota 1, segue de perto a leitura de Finazzi Agrò (2000, p. 137).

[8] Entrevista concedida à autora e publicada em *Antonio Callado, literatura comentada* (São Paulo: Abril, 1982. p. 9).

Concerto carioca opta por se introduzir nas vertentes pessoais da maldade e toma partido, decisivamente, pelo mito, deixando, dessa vez, a história como um distante pano de fundo. Ao debilitar-se o plano histórico e social, rompe-se aquele equilíbrio entre o particular e o geral, o contingente e o transcendente, que permitiu a *Quarup* perdurar. O resultado, embora reúna acertos e achados, é um romance no qual o próprio narrador (personificado em um menino) parece perceber um equívoco: o de destacar como herói quem deveria ser um vilão secundário e diminuir a figura central do indiozinho, tornada paradoxalmente mais abstrata.

Em todo caso, isso talvez seja mesmo o remate de um ciclo e o começo de outro, de um livro ambíguo que traz o novo latente. Finalmente, Callado chega de volta onde começou, redescobrindo o país e a si mesmo no confronto com seus irmãos latino-americanos e nossos meios-pais europeus, a partir da experiência da viagem, da vivência de guerras externas e internas e das prisões em velhas e novas ditaduras. Londres durante a guerra e o ambiente da BBC são aí tematizados, lançando mão novamente de um recurso que sempre foi efetivo em suas obras: os mecanismos de surpresa e suspense dos romances policiais e de espionagem. Aqui vai mais longe, pois tenta compreender o Brasil tentando entendê-lo na América do Sul, e esta, em suas tensas relações com a Europa.

A história é narrada do ponto de vista de um jornalista brasileiro que vai para Londres, fugindo à ditadura de Getúlio Vargas, na década de 1940, e lá encontra outros companheiros latino-americanos, uma chileno-irlandesa, um paraguaio, um boliviano e um venezuelano. Estes, por sua vez, fugiram do arbítrio da polícia política em seus respectivos países. O confronto deles entre si e de todos juntos com os ingleses, no dia a dia de uma agência da BBC especialmente voltada para a América Latina, acaba denunciando tanto os bárbaros crimes latino-americanos do passado e do presente quanto o envolvimento das nossas elites com os criminosos de colarinho branco da supercivilizada Inglaterra. Não apenas denuncia, mas também expõe parodicamente os preconceitos e estereótipos dos ingleses sobre os latino-americanos e vice-versa.

Vinte anos depois dos sucessos de *Memórias de Aldenham House*, que se prolongam num Paraguai e num Brasil só aparentemente democratizados, o narrador (ex-representante brasileiro na BBC, como fora o próprio Callado) escreve suas memórias, novamente na prisão. Nesse caso, ampliando o ciclo, o território e a viagem, circulamos pela Inglaterra e França para chegar ao Paraguai, passando pela prisão ditatorial em que o narrador escreve sua história, uma história de outras ditaduras e de perseguições a líderes de esquerda menos ou mais desesperados, menos ou mais vitimizados, mas igualmente vencidos pela prepotência do autoritarismo tradicional na América Latina.

Callado rememora aí sua experiência de duas ditaduras e de duas pós-ditaduras; a experiência dos exilados que se foram e dos que voltaram para contar, tentando recuperar a face oculta da civilizada Inglaterra, que Facundo acusa e que talvez esteja muito mais próxima do Paraguai e, por que não, do Brasil, ou pelo menos de certo Brasil: aquele tanto mais visível quanto mais se encena a sua entrada plena na modernidade pós-moderna.

PERFIL DO AUTOR

O senhor das letras

Eric Nepomuceno

Escritor

Antonio Callado era conhecido, entre tantas outras coisas, pela sua elegância. Nelson Rodrigues dizia que ele era "o único inglês da vida real". Além da elegância, Callado também era conhecido pelo seu humor ágil, fino e certeiro. Sabia escolher os vinhos com severa paixão e agradecer as bondades de uma mesa generosa. E dos pistaches, claro. Afinal, haverá neste mundo alguém capaz de ignorar as qualidades essenciais de um pistache? Pois Callado sabia disso tudo e de muito mais. Tinha as longas caminhadas pela praia do Leblon. Ele, sempre tão elegante, nos dias mais tórridos enfrentava o sol com um chapeuzinho branco na cabeça, e eram três, quatro quilômetros numa caminhada puxada: estava escrevendo. Caminhava falando consigo mesmo: caminhava escrevendo. Vivendo. Porque Callado foi desses escritores que escreviam o que tinham vivido, ou dos que vivem o que vão escrever algum dia.

Era um homem de fala mansa, suave, firme. Só se alterava quando falava das mazelas do Brasil e dos vazios do mundo daquele fim de século passado. Indignava-se contra a injustiça, a miséria, os abismos sociais que faziam — e em boa medida ainda fazem — do Brasil um país de desiguais. Suas opiniões, nesse tema, eram de suave mas certeira e efetiva contundência. E mais: Callado dizia o que pensava, e o que pensava era sempre muito bem sedimentado. Eram palavras de uma lucidez cristalina.

Dizia que, ao longo do tempo, sua maneira de ver o mundo e a vida teve muitas mudanças, mas algumas — as essenciais — permaneceram intactas. "Sou e sempre fui um homem de esquerda", dizia ele. "Nunca me filiei a nenhum partido, a nenhuma organização, mas sempre soube qual era o meu rumo, o meu caminho." Permaneceu, até o fim, fiel, absolutamente fiel, ao seu pensamento. "Sempre fui um homem que crê no socialismo", assegurava ele.

Morava com Ana Arruda no apartamento de cobertura de um prédio baixo e discreto de uma rua tranquila do Leblon. O apartamento tinha dois andares. No de cima, um terraço mostrava o morro Dois Irmãos, a Pedra da Gávea e o mar que se estende do Leblon até o Arpoador. Da janela do quarto que ele usava como estúdio, aparecia esse mesmo mar, com toda a sua beleza intocável e sem fim.

O apartamento tinha móveis de um conforto antigo. Deixava nos visitantes a sensação de que Callado e Ana viviam desde sempre escudados numa atmosfera cálida. Havia um belo retrato dele pintado por seu amigo Cândido Portinari, de quem Callado havia escrito uma biografia. Aliás, escrita enquanto Portinari pintava seu retrato. Uma curiosa troca de impressões entre os dois, cada um usando suas ferramentas de trabalho para descrever o outro.

Havia também, no apartamento, dois grandes e bons óleos pintados por outro amigo, Carlos Scliar. Callado sempre manteve uma rígida e prudente distância dos computadores. Escrevia em sua máquina Erika, alemã e robusta, até o dia em que ela não deu mais. Foi substituída por uma Olivetti, que usou até o fim da vida.

Na verdade, ele começava seus livros escrevendo à mão. Dizia que a literatura, para ele, estava muito ligada ao rascunho. Ou seja, ao texto lentamente trabalhado, o papel diante dos olhos, as correções que se sucediam. Só quando o texto adquiria certa consistência ele ia para a máquina de escrever. Jamais falava do que estava escrevendo quando trabalhava num livro novo. A alguns amigos, soltava migalhas da história, poeira de informação. Dizia que um escritor está sempre trabalhando num livro, mesmo quando não está escrevendo. E, quando termina um livro, já tem outro na cabeça, mesmo que não perceba.

Era um escritor consagrado, um senhor das letras. Mas ainda assim carregava a dúvida de não ter feito o livro que queria. "A gente sente, quando está no começo da carreira, que algum dia fará um grande livro. O grande livro. Depois, acha que não conseguiu ainda, mas que está chegando perto. E, mais tarde, chega-se a uma altura em que até mesmo essa sensação começa a fraquejar...", dizia com certa névoa encobrindo seu rosto.

Levou essa dúvida até o fim — apesar de ter escrito grandes livros.

Foi também um jornalista especialmente ativo e rigoroso. Escrevia com os dez dedos, como corresponde aos profissionais de velha e boa cepa. E foi como jornalista que ele girou o mundo e fez de tudo um pouco, de correspondente de guerra na BBC britânica a testemunha do surgimento do Parque Nacional do Xingu, passando pela experiência definitiva de ter sido o único jornalista brasileiro, e um dos poucos, pouquíssimos ocidentais a entrar no então Vietnã do Norte em plena guerra desatada pelos Estados Unidos. A carreira de jornalista ocupou a vaga que deveria ter sido de advogado. Diploma em direito, Callado tinha. Mas nunca exerceu o ofício. Começou a escrever em jornal em 1937 e enfrentou o dia a dia das redações até 1969. Soube estar, ou soube ser abençoado pela estrela da sorte: esteve sempre no lugar certo e na hora certa. Em 1948, por exemplo, estava cobrindo a 9ª Conferência Pan-americana em Bogotá quando explodiu a mais formidável rebelião popular ocorrida até então na Colômbia e uma das mais decisivas para a história contemporânea da América Latina, o Bogotazo. Tão formidável que marcou para sempre a vida de um jovem estudante de direito que tinha ido de Havana, um grandalhão chamado Fidel Castro, e que também acompanhou tudo aquilo de perto.

Houve um dia, em 1969, em que ele escreveu ao então diretor do *Jornal do Brasil* uma carta de demissão. Havia um motivo, alheio à vontade dos dois: a ditadura dos generais havia decidido cassar os direitos políticos de Antonio Callado pelo período de dez anos e explicitamente proibia que ele exercesse o ofício que desde 1937 garantia seu sustento. Foi preciso esperar até 1993 para voltar ao jornalismo, já não mais como repórter ou redator, mas como um articulista de texto refinado e com visão certeira das coisas.

Até o fim, Callado manteve, reforçada, sua perplexidade com os rumos do Brasil, com as mazelas da injustiça social.

E até o fim abandonou qualquer otimismo e manteve acesa sua ira mais solene.

Sonhou ver uma reforma agrária que não aconteceu, sonhou com um dia não ver mais os milhões de brasileiros abandonados à própria sorte e à própria miséria. Era imensa sua indignação diante do Brasil ameaçado, espoliado, dizimado, um país injusto e que muitas vezes parecia, para ele, sem remédio. Às vezes dizia, com amargura, que duvidava que algum dia o Brasil deixaria de ser um país de segunda para se tornar um país de primeira. E o que faria essa diferença? "A educação", assegurava. "A escola. A formação de uma consciência, de uma noção de ter direito. Trabalho, emprego, justiça. Ou seja: o básico. Uma espécie de decência nacional. Porque já não é mais possível continuar convivendo com essa injustiça social, com esse egoísmo."

Sua capacidade de se indignar com aquele Brasil permaneceu intocada até o fim. Tinha, quando falava do que via, um brilho especial, uma espécie de luz que é própria dos que não se resignam.

Desde aquele 1997 em que Antonio Callado foi-se embora para sempre, muita coisa mudou neste país. Mas quem conheceu aquele homem elegante e indignado, que mereceu de Hélio Pellegrino a classificação de "um doce radical", sabe que ele continuaria insatisfeito, exigindo mais. Exigindo escolas, empregos, terras para quem não tem. Lutando, à sua maneira e com suas armas, para poder um dia abrir os olhos e ver um país de primeira classe. E tendo dúvidas, apesar de ser o senhor das letras, se algum dia faria, enfim, o livro que queria — e sem perceber que já tinha feito, que já tinha escrito grandes livros, definitivos livros.

Este livro foi impresso no
SISTEMA DIGITAL INSTANT DUPLEX
DA DIVISÃO GRÁFICA DA DISTRIBUIDORA RECORD
Rua Argentina, 171 – Rio de Janeiro, RJ
para a
EDITORA JOSÉ OLYMPIO LTDA.
em outubro de 2014

*

82º aniversário desta Casa de livros, fundada em 29.11.1931